너희를 만난 건 행운이야

일러두기

 책에 등장하는 아이들의 이름은 모두 가명임을 밝힙니다.

초등 교실에서 찾은 행복한 교육 이야기

너희를 만난 건 행운이야

힐링쌤(임정연) 지음

저녁달

첫 비행을 준비하는
나비의 마음으로

학교로 출퇴근할 때면 늘 지나치는 버거 가게가 하나 있습니다. 건물 벽에는 한쪽 눈에 눈물을 매단 노란 얼굴의 간판이 커다랗게 걸려 있습니다. '힐링쌤'이라는 닉네임을 쓸 만큼 긍정과 미소를 삶의 중요한 키워드로 삼는 사람인 제게는 그 간판이 의문이었습니다.

'저렇게 슬픈 표정을 내걸면 사람들이 안 들어가고 싶지 않을까?'

어느 주말 아침, 운동을 마치고 점심 먹을 곳을 찾는데 문득 그 간판이 눈에 들어왔습니다. 묘한 호기심에 이끌려 가게 안으로 들어섰습니다.

버거를 주문하고 주문 번호가 울려 픽업존으로 향했습니다. 식판에는 버거 하나와 편지 한 통이 놓여 있었습니다. 알고 보니 사장님께서 매달 손님들에게 편지를 써 전하고 계셨습니다.

제가 읽은 것은 2025년 9월의 편지였습니다. 쏜살같이 지나간 2025년에 대한 회고와 앞으로의 인생 모양새에 대한 기대가 담겨 있었고, 편지는 한 가지 질문을 끝으로 마무리되었습니다.

여러분의 2025년은 계획대로 흘러가고 있나요?

두 손에 버거를 쥔 채 고개를 들어 생각했습니다. 나의 2025년은 계획대로 흘러갔는가? 곧바로 "아니요."라는 대답이 튀어나왔습니다. 강연, 품격어 교육, 방송, 전시, 그리고 출판까지. 2025년을 추억할 일 중 계획에 의해 이뤄진 것은 하나도 없었습니다. 모두 우연에 우연이 겹쳐 예상치 못하게 찾아왔습니다.

사실 2025년 초, 새해 계획조차 세우지 않았습니다. 아무리 원대한 계획을 꼼꼼히 세워도 뜻대로 흘러가지 않을 수 있다는 사실을 대학입시에서도, 임용고시에서도 뼈저리게 느꼈기 때문입니다.

다만 무엇을 할지 구체적인 계획은 없어도, 어떻게 살지 삶의 태도는 정립해두고 싶었습니다. 언제, 어떤 모습으로 찾아올지 모르는 선택의 순간 앞에서 기준이 되어줄 신념은 필요하니까요.

그래서 적은 문장이 '고유함을 빚는 교육 디자이너'였습니다. 교육으로 고유한 이야기를 빚는 사람이 되겠다고 스스로와 약속했습니다.

이 책에는 교대생 애벌레가 임용고시라는 번데기 시기

를 거쳐 교사로서 날개를 펼치기까지의 탈바꿈 과정이 담겨 있습니다. 그렇다고 제 이야기로 '이렇게 비행하는 겁니다'라고 조언하고 싶은 마음은 없습니다. 저는 교사이지만 모순적이게도 가르치려 드는 일을 경계합니다. 훈수 두는 일은 멀리합니다. 각자의 삶에는 각자의 해답이 있다고 믿습니다.

그럼에도 이 책을 쓰기 시작한 이유는 같은 고민을 하는 누군가에게 작은 용기를, 같은 꿈을 꾸는 누군가에게 은은한 희망을 건네고 싶었기 때문입니다.

고등학생, 대학생 때에 이어 지금도 "어떻게 그렇게 많은 일을 해내세요?", "어떻게 항상 행복해 보이세요?"라는 질문을 받습니다. 그 질문의 답을, 그동안 다 드러내지 못했던 저의 희로애락을 전해보고도 싶었습니다.

나비는 우화(羽化) 직후, 최적의 비행 상태를 갖추기 위해 날개를 펼쳐 말리는 시간을 가진다고 합니다. 갓 우화한 나비처럼 날개를 빳빳이 말리고 있는 한 신임 교사의 이야기에 귀를 기울이러 와주신 독자님들께 감사의 마음을 전합니다.

2026년 봄을 기다리며

힐링쌤(임정연)

같은 고민을 하는 누군가에게 작은 용기를

같은 꿈을 꾸는 누군가에게 은은한 희망을

차례

1장

고대생 애벌레,

임용고시를 결심하다

공부가 주특기

초등학생 때 나의 꿈은 '리틀 김연아'였다. 벤쿠버 올림픽에 출전해 파란 옷을 입고 빙판 위에서 춤추는 김연아 선수의 아름다움에 매료되었다. 김연아 선수가 연습하던 빙판장을 인터넷으로 찾은 뒤 그 스케이트장에서 피겨를 배워야겠다며 엄마를 졸랐다. 엄마는 조건을 내거셨다.

"이번 시험에서 올백 맞으면 고!"

지금은 초등학교에서 중간·기말고사를 보지 않지만 당시 5학년이었던 나는 국어, 수학, 과학, 사회 중간고사를 앞두고 있었다. 꽤 합리적인 거래라는 생각에 열두 살 임정연은 A4용지를 들고 방으로 들어갔다. 방에서 나올 때 손에 들려 있던 것은 계약서.

계약서

엄마 ○○○은 딸 임정연이

이번 중간고사에서 모든 과목 100점을 맞을 시

피겨 스케이트를 배우게 해줄 것을 약속한다.

20××.××.××

냉장고 문에 계약 당사자들이 서명한 계약서가 붙었다. 한번 목표를 정하면 해내고야 마는 성격인 나는 결국 100점 시험지 네 장을 집으로 들고 왔고, 엄마는 매주 토요일 딸의 손을 잡고 화성시의 스케이트장을 다니셔야 했다.

그때부터 내게 공부는 게임과 같았다. 중학교 3학년 때 수학 문제집을 풀던 중 난제를 마주했다. 도형의 각도를 구하는 문제였는데 풀릴 듯 말 듯 문제가 밀당을 했다.

'누가 이기나 해보자!'

오기가 생겼다. 뒤에 풀어야 하는 문제가 많았지만 그 문제를 풀기 전까지는 넘어갈 수 없었다. 해당 문제만 확대해

프린트한 뒤 방 안 화이트보드에 붙였다. 한참을 째려보고, 풀어보고, 고민하기를 몇 시간이 지났을까. 가족들도 기다리다 지쳐 잠든 새벽 2시, 홀로 불 켜져 있던 방에서 환호성을 질렀다.

"유레카!"

끈질기게 매달린 끝에 답을 찾은 것이다.

성취가 자신감을 낳고, 자신감이 또 다른 성취를 낳으며 나는 공부의 길로 들어섰다. 다만 앞만 보는 경주마는 못 되었다. 나는 옆을 이리저리 둘러보며 흥겨움도 잃지 않아야 하는 사람이었다. 하교하면 전교학생회장으로서 교내 행사를 기획하고, 주말엔 교육봉사를 다니고, 좋아하는 인터넷 강의 선생님이나 교수님의 북토크가 열리면 쫓아가 편지를 전해드렸다. 무대에 서는 일도 너무 좋아했던 나는 댄스 공연은 물론 시에서 주최하는 청소년 행사 MC도 포기하지 않았다. 한번은 교무실 호출로 학교에서 열린 KBS 오디션에 불려갔는데, 정신을 차려보니 박경림 님과 함께 프로그램 촬영을 하고 있었다.

지루할 수가 없는 학창 시절을 보낸 덕분에 고등학교 3학년이 되어서도 공부밖에 모르는 눈 밑 퀭한 무채색 수험생은 아니었다. 하지만 모든 고등학생이 이렇게 지낼 순 없는 현실이었다. 하루에 에너지 드링크를 여섯 캔씩 마시다 건강을 잃는 친구, 공부에 대한 집착으로 극도로 예민해진 친구들을 여럿 보았다. 배움이 쌓일수록 행복은 무너지는 교육 현장을 살결로 느꼈다. 그 과정에서 '제2의 김연아'만큼이나 원대한 꿈을 다시 품게 되었다.

놀이터 같은 학교를 만드는 교육부 장관

행복한 교육 시스템을 만드는 데 기여하는 미래를 꿈꾸며 나는 서울교육대학교에 입학했다.

대학 생활에
후회는 없어야지

"학생들이 왜 N수를 택하는지 아니? 후회가 남아서야.
후회가 없으면 그 결과가 어떻든 받아들이게 돼."

고등학생 시절, 인터넷 강의 선생님으로부터 들은 말씀
이다. 대입 생활을 거치며 이에 깊이 공감했고, 주어진 시
간과 일을 대할 때 후회 없이 임하자는 다짐을 하게 되었
다. 대학교에 입학한 뒤에도 마찬가지였다. 후회 없는 대학
생활을 위해 '자유'라는 핸들을 잡고 교대생의 평균에서 한
발 벗어난 탐험을 시작했다.

갓 스무 살이 된 내게 부모님께서 흥미로운 용돈 시스템을 제안하셨다. 독후감 한 개에 5만 원, 문화생활은 무제한 지원, 그 외에는 일절 없음. 경험의 폭을 중요하게 여기셨던 부모님 덕분에 대학생 때 문화생활을 마음껏 누렸다.

기억에 남는 에피소드는 성악가 폴 포츠가 내한 공연을 왔을 때의 일이다. 중·고등학교 선생님들이 틀어주시는 단골 영상들이 있는데, 그중 하나가 폴 포츠의 〈브리튼스 갓 탤런트(Britain's Got Talent)〉 오디션 참가 영상이다. 외롭고 어려웠던 유년 시절을 지나 휴대폰 외판원으로 일하던 폴 포츠는 오디션에 지원했다. 기죽은 표정과 움츠린 어깨의 폴 포츠, 그를 바라보는 무심한 표정의 심사위원과 관중. 그러나 노래가 시작되자마자 폴 포츠는 아리아 '아무도 잠들지 말라(Nessun dorma)'로 청중을 압도했고 기립박수를 이끌어냈다. 결국 우승을 거머쥐고 성악가가 된 그의 성공담은 마음에 오래도록 남아 있었다.

한 인물이 가진 삶의 서사를 들을 때 눈이 반짝이는 나이기에, 그 이야기의 주인공이 내한 공연을 온다는 소식에 엉

덩이가 들썩였다. 공연장 앞자리 티켓을 예매해 폴 포츠의 표정과 소리를 선명하게 보고 들었다. 무대에 몰입한 그의 에너지를 온몸으로 느끼는데 감명의 눈물이 차오를 정도였다. 상기된 마음으로 공연을 나오며 생각했다.

'폴 포츠를 만나야겠다.'

아무런 인연도 없고, 연락이 닿는다고 해도 그가 나를 만나줄 거라는 근거도 없었지만 왠지 될 것 같았다. 일단 귀가하자마자 일필휘지로 폴 포츠에게 편지를 썼다. 만날 방법을 고민하던 중, 남은 내한 공연 일정을 살피다가 믿기지 않는 사실을 발견했다. 내한 공연의 마지막 장소가 본가 앞 문예회관이었던 것이다. 1초의 망설임도 없이 동일한 공연을 재예매했고, 공연장 로비에서 폴 포츠를 만나는 데 성공했다. 두 장의 러브레터와 함께 공연의 울림을 그에게 직접 전하는데 어찌나 행복했는지 모른다. 그때 받은 사인 CD가 지금까지도 책장 한쪽을 당당히 차지하고 있다.

두 번째 탐험: 한복 모델, 솔깃한데?

고등학생 때 청소년 모델을 한 적이 있다. 학생회장 공약을 실현하기 위한 자금 마련이 그 계기였다. 어릴 적부터 카메라와 무대를 즐겼던 터라 모델에 도전한 뒤 활동비를 학교에 전액 기부하는 계획을 세웠다. 여러 기업에 모델 제안서를 우편으로 부쳤다. 그중 교복회사 '스쿨룩스'와 건강식품 회사 '천호식품'이 열여덟 살의 패기와 협업의 긍정적 가치에 공감해 제안을 수락했다. 모델 활동도 하고, 공약도 실현하는 일석이조의 경험이었다.

그리고 대학생이 된 어느 날, 한복모델대회 공고가 눈에 들어왔다. 잠자고 있던 나의 무대 열망에 불이 지펴졌다. 예선과 본선에 줄지어 통과해 본격적으로 결선을 준비하기 시작했다. 한국무용 학원에 수업을 등록해 무용을 배웠고, 마음에 드는 한복을 찾을 때까지 온갖 한복집을 찾아다녔다.

연습실에서 한복 치마를 쥐고 동작을 취하는데, 거울 속에 삐걱대는 로봇 하나가 비쳐 보였다. 하지만 수상보다 도전 자체가 목적이었기 때문에 모든 시간이 그저 즐거울 뿐이었다. 연습을 거듭하며 로봇이 점차 사람으로 진화하는 모습을 보는 재미도 쏠쏠했다.

무대까지 이어진 엔조이 정신은 '선(善) 입상'이라는 행운을 가져다주었다. 대회를 마친 뒤 풍성한 한복 치마를 들쳐업고 대학교 기숙사에 뒤뚱대며 들어가는 전대미문의 장면을 남기며 탐험을 끝맺었다.

세 번째 탐험: 창업경진대회의 유일한 교대생

대학 생활 중 가장 귀중한 경험을 하나 꼽으라면 창업경진대회에 출전한 것이다. 나는 엄마 뱃속에서부터 춤을 췄다고 말할 정도로 춤을 좋아한다. 아니, 사랑한다. 심장이 쿵쿵 울리도록 튼 음악에 몰입해 춤추면 노래와 하나가 되는 듯한 짜릿함이 밀려온다. 몸과 마음이 정화되는 기분까지 든다. 이 기쁨을 모든 사람이 느껴보았으면 좋겠다는 오지랖 넓은 바람이 늘 마음 한편에 있었다.

여느 때처럼 춤 학원에 가기 위해 지하철 출구를 오르던 중, 문득 이런 생각이 들었다.

'전국의 춤 학원을 모아 소개하고, 맞춤형 수업을 알려주는 앱이 있다면 춤에 대한 장벽이 낮아지지 않을까?'

곧장 태블릿PC를 켜고 내가 상상하는 앱의 기능과 모습을 어설프게나마 스케치했다.

'이제 이걸 누구와 어떻게 구체화하지?'

그때 고민의 열쇠처럼 경진대회 공고문을 만났다. 교육부와 과학기술정보통신부에서 주최하는 창업경진대회 '창업유망팀 300'이었다. 창업을 꿈꾸는 청년들을 선발해 6개월간 교육과 미션을 제공하고, 최종 세 팀을 시상하는 대회였다. 대회에 지원하려면 대학교 창업지원 부서의 서명이 필요했는데, 서울교육대학교에는 관련 부서가 없어 이곳저곳 전화를 돌려 겨우 허가를 받았다.

나는 서류 전형과 면접을 통해 선발된 예순 명의 참가자 중 유일한 교대생이었다. 이미 창업 크루가 있거나 창업동아리에 속해 있는 사람이 부지기수였다. 그 사이에서 경험 하나 없이, 믿을 거라곤 자신감뿐이었던 나는 중간평가에서 줄곧 꼴등을 도맡았다.

'꼴등 하면 어때. 앞으로 올라갈 일만 남았잖아?'

대회에서 처음 사업계획서를 써보고, 다른 예비 창업가들의 열정을 엿보는 것만으로도 신이 났다. 코로나19가 모든 만남을 막았던 시기라 온라인으로 교육이 이루어졌다.

세 시간의 온라인 교육 내내 눈을 초롱초롱 뜨고 고개를 끄덕이는 내 모습이 웃겼는지, 창업 경험이 있던 한 참가자는 대회가 끝날 때까지 생초보인 나를 물심양면 도와주었다.

대회에 참가하는 6개월 동안 나의 관심사는 오로지 '댄스 앱'이었다. 교내 영어신문 동아리 부원으로서 취재차 간 울릉도에서조차 창업경진대회 팀원들과 밤새워 화상회의를 했다. 멀미로 악명 높은 독도행 배에서는 펀딩 페이지를 제작하면서도 힘든 줄 몰랐다. 24시간 해커톤, 소비자 설문조사, 온라인 엑스포 참가까지. 모든 미션이 굴곡 같았지만 그럴수록 눈에는 총기가 차올랐다.

여름에 시작했던 대회의 최종 결과는 겨울이 되어서야 발표됐다. 어느 팀이 수상을 했으려나 궁금해 결과 창을 클릭했다가 입을 틀어막았다.

"말도 안 돼…."

최우수상: 팀 홍익인간, 팀장 임정연

그간의 절실함을 격려하는 최고의 상이었다.

그때 나는 두 갈래의 갈림길에 서게 되었다. 앱 개발에 매진해 세상을 춤추게 하는 사업가가 될지, 대한민국의 새싹에 물을 주는 초등교사가 될지.

임용고시, 넌 누구냐

2023 임고 초수 합격 임정연. 내 인생에서 가장 열심히 공부하는 1년이다. 한 번에 합격하자!

1월, 굳센 다짐 잊지 않으려 플래너 위에 네임펜으로 꾹꾹 눌러 적은 문장이다. 그렇다. 나는 갈림길에서 초등교사의 길을 택했다. '창업은 임용고시를 치른 뒤 다시 도전해도 되지 않겠어? 모든 교대생 4학년이 임용고시를 준비하는 이 시기에 같이 물살을 가르자.' 게다가 코로나19로 인해 세상이 멈춰 있던 시기였기에 공부에 집중해 시험을 보는 것이 합리적이라고 생각했다.

대학교 입학 4년 만에 속세를 떠나 도서관의 중생이 되었다. 형형색색 포스트잇에 '초수 합격'이라고 적어 책과 책상, 벽 곳곳에 붙였고, 합격한 미래를 수시로 상상했다. 실패의 가능성은 처음부터 배제했다. 시간과 에너지를 부정적인 결과를 떠올리는 데 쓰고 싶지 않았다. 결과가 합격이든, 불합격이든 나중에 돌아보았을 때 지난 1년이 걱정과 불안으로 가득하면 얼마나 안타깝겠는가.

2022년 새해가 밝으며 본격적인 고시 생활이 시작됐다. 스터디를 함께하기로 한 친구와 각자 임용고시에 대한 기본적인 이해를 쌓은 뒤 만나기로 했다. 먼저 임용고시에 합격한 선배님들의 멘토링 프로그램에 호기로운 마음으로 참여했고, 유튜브에서 공부법 영상도 찾아보았다.

그런데 이것저것 해볼수록 호기로움은 혼미함으로 변했다. 임용고시는 선생님 말씀 토씨 하나 빠지지 않고 받아적던 내신이나 다섯 과목으로 끝나는 수능과는 전혀 다른 세계였다. 아기 새가 알을 깨고 나와 거친 세상을 마주하듯 나는 임용고시의 현실을 마주했다.

1차 필기 과목만 해도 국어·수학·사회·과학·도덕·음악·미술·체육·실과·영어·통합 그리고 교직 논술까지 열두 개였다. 과목별로 교육과정·각론·기본이론·모형 등 세부 영역이 나뉘었고, 영역별 공부법도 제각각이었다. 스터디원을 만나기 전에 공부 로드맵을 그려보려 했는데, 지도가 너무 커 손에 잡히지도 않을 것 같았다.

어딘가 시원스럽지 않은 상태로 기숙사 로비에서 스터디원을 다시 만났다. 소파에 마주앉아 한 시간 넘게 머리를 맞대고 스터디 계획을 세웠다. 기본이론 공부는 이렇게, 교육과정 공부는 저렇게, 주 몇 회 만나 몇 시간 동안 스터디를 하자는 등의 약속을 했다.

대장정의 계획을 마치고 방으로 돌아오는 복도에서 나도 모르게 입 밖으로 튀어나온 말.

"임용고시, 넌 누구냐."

임용고시는 내게 가까이 가고 싶어도 도무지 가까워지지 않는 밀당의 귀재처럼 느껴졌다. 그래서 '일단' 시작했다. 언제까지 머리만 싸매고 있을 수는 없었다. 당장 눈앞에 보이는 이정표부터 더듬으며 가야지. 그렇게 두 주먹 불끈 쥐고, 우당탕 임용 드라이브의 엑셀을 밟았다.

목표 달성
스터디 플래너
2023 임고 초수합격
내 인생에서 가장 열심히 공부하는
이다. 한 번에 합격하자!
STAY READY
(PLANNER FOR SEMESTER)
Copyright BE ON IO All rights Reserved

초수 일기 1:
흔들림의 연속

임용고시 강연을 다니면서 사람들이 나에 대해 오해하고 있음을 알게 됐다. 시험을 준비할 때 씩씩하게 탄탄대로만 걸었을 것이라는 오해다. 그 오해가 이해는 된다. 임용 멘토링에서 합격한 선배님을 바라보던 나도 같은 생각을 했으니까. 그런데 1등이든 50등이든 할 것 없이 모두 흔들렸다는, 그럼에도 견뎌냈다는 내밀한 이야기를 들은 후에는 '나만 그런 게 아니구나. 다들 그런 시기를 겪었구나.' 하며 부족한 내 모습이 조금 덜 부끄러워졌다. 그래서 이번에는 나의 미숙했던 임고생 시절 일기장을 가감 없이 펼쳐보려 한다.

2022년 1월 18일

잠자리에 누운 내게 기숙사 룸메이트가 물었다.

"요즘 임용고시 준비는 어때?"

"처음에는 공부한 대로 쏙쏙 흡수했는데, 요즘엔 양이 누적되면서 바로 머리에 안 들어오더라. 그래서 0.01그램 정도의 부담이 느껴져. 너는?"

"나 공부 별로 안 했나 봐. 아직 재밌어!"

과정을 온전히 즐기는 듯한 그녀가 참 사랑스러웠다.

눈을 감았다. 오늘 임용 강의를 들은 직후, 스터디에서 완벽히 대답하지 못해 속상해하던 내 모습이 떠올랐다.

사실 당연한 결과였다. 복습도 안 한 채 친구에게 "문제 내 줘!" 했던 나였다. 곧바로, 완벽하게, 이상적으로 답하고 싶었던 욕심에서 기인한 실망이었다. 어찌 보면 그게 진짜 이상한 건데.

왜 자책의 굴레에 스스로를 집어넣었을까.

왜 즐길 수 있는 이 게임을 힘든 과제로만 여겼을까.

나를 못살게 군 건 결국 나였다.

임고 공부 1일 차에 재밌다며 부담 없이 책을 펼치던 그 가벼움을 회복하자. 스스로를 향한 매정한 채찍질은 내려두고 작은 성장을 발견하고 응원하는 사람이 되자.

이날을 기점으로 감사일기를 다시 꺼내들었다. 초등학생 때부터 10년을 유지하다가 잠시 흐릿해져 있던 루틴이었다. 아무리 임용고시라는 여정에 비탈길이 많을지라도 명랑함만큼은 잃고 싶지 않았기에 감사일기의 힘을 다시 빌리기로 했다.

매일 밤, 감사한 점 세 가지를 꼭 적었다. 아주 사소한 것일지라도, 그 사소한 일상이 당연한 게 아니란 걸 잊지 않기 위해. 나를 지탱하는 습관들과 비탈길을 오르는 임용고시 동지들 덕에 나는 포기하지 않고 매일 한 발 한 발 내디딜 수 있었다.

2022년 3월 9일

진도에 맞게 충실히 공부하고 있는데도 여전히 '이게 최선일까? 더 독해질 수 있지 않을까?' 의문이 남는다. 하지만 에너지를 무리하게 당겨쓰지 않겠다는 미명(혹은 합리화) 아래 적절한 속도를 내고 있다고 믿기로 했다.
나에 대한 믿음과 성공에 대한 확신도 놓지 말자.

사람들에게 강연, 글, 영상으로
선한 영향력을 미치는 교육자,
말 그대로 '인플루언서'가 될 거야.
교사는 교육계의 인플루언서다!

'교사 인플루언서'라는 개념이 지금보다 낯선 시절이었다. 시험을 준비하는 당장은 어려울지라도 교육을 매개로 세상에 긍정적인 영향을 끼치겠다는 꿈은 늘 품고 다녔다. 그렇기에 도서관에서 수없이 그리던 모습이 현실이 된 지금이 더없이 소중하다. 꿈꾸면 이루어진다는 말을 믿는다. 그래서 나는 '끊임없이 꿈꾸는 사람'이고 싶다.

2022년 3월 14일

게임에서 새로운 라운드가 시작되듯 매일 아침 새롭게 열리는 삶이 제법 재미있다. 오늘 나의 하루에는 무엇이 담길까. 그게 무엇이든 채워지지 못한 자리보다 채워진 자리를 먼저 바라보는 여유를 가지자!

오늘도, 파이팅!

아침에 당차게 일기를 적어놓고도 저녁에는 훌쩍대며 눈물을 닦기 일쑤였다. 스터디를 하는데 마음처럼 따라주지 않는 암기력 때문에 답답했다. 대입으로 이미 독한 공부를 경험했기에 내 안에 공부에 대한 굳은살이 단단히 박혀 있다고 생각했는데, 임용고시 공부는 전혀 다른 영역이었다. 울고 웃기를 반복하는 임고생의 현실이었다.

다행히도 나는 회복탄력성이 꽤 좋은 편이다. 공부가 뜻대로 되지 않아 엉엉 울었던 날에도 학교 앞 쌀국수 가게에서 친구와 시킨 쌀국수, 새우볶음밥, 반미 한입에 금세 마음이 풀렸다. 그리고 다시 새벽까지 공부를 이어갔다.

기숙사에서 엘리베이터만 타고 올라가면 방에 포근한 침대가 있었지만, 혹여나 깨지 못할까 봐 1층 로비 의자에서 쪽잠을 자기도 했다. 하루 종일 스터디가 이어지는 날에는 마지막 스터디를 마치자마자 진이 빠져 쓰러졌다.

나의 임고 생활은 매일이 흔들림의 연속이었다. 공부를 하며 단 한 번도 흔들리지 않는 사람은 없을 것이다. 아침에는 감사일기를 쓰며 긍정 충전을 했다가도 저녁엔 무너질 듯 눈물을 흘렸던 나처럼, 자신의 부족함을 마주하는 날이 분명 온다.

하지만 그런 순간에도 스스로를 의심하지 말자. '나만 힘든가? 내가 약한 건가?' 의심하는 대신 이렇게 말해보자.

"괜찮아. 흔들려도 앞으로 나아가고 있잖아."

하지만 그런 순간에도 스스로를 의심하지 말자.

'나만 힘든가? 내가 약한 건가?'

의심하는 대신 이렇게 말해보자.

"괜찮아. 흔들려도 앞으로 나아가고 있잖아."

임고생 같지 않은
임고생

2022년부터 2023년 시험이 끝날 때까지 1년 동안 일기를 썼다. 감사한 점 세 가지 적는 것을 시작으로, 본론은 하루 일과 또는 마음 상태, 결론은 스스로에게 전하는 짧은 응원이었다.

지금은 '나'라는 그릇을 빚고 굽는 시기야.

어떤 온도에서도 부서지지 않는

견고한 사람이 되자.

지금은 매일 기록을 남기고 싶어도 밤이면 '미루기 귀신'

이 불은 듯 침대에 몸을 던지기 일쑤인데, 그때는 치열한 하루 속에서 어떻게 그토록 꾸준히 기록을 남겼을까. 1년 치 일기를 이제 와서 파노라마처럼 읽어보니 지금과는 다른 의지를 발견했다. 바로 무너지지 않으려는 의지였다. 기록을 위한 기록을 한 것이 아니라 하루를 정리하며 나를 다독이고 붙잡는 시간이 필요해 일기장을 펼쳤던 것이다. 간절하게, 치열하게 그 하루들을 살아낸 내가 안쓰럽고도 기특했다.

초보 임고생의 밤은 자책과 성찰, 그리고 다짐의 연속이었다. 공부법에 대한 확신은 부족했지만 등 뒤에 받쳐둔 긍정 쿠션 덕에 멈추지 않고 나아갈 수 있었다.

하지만 몸은 마음보다 솔직했다. 3월부터 체력이 야금야금 떨어졌다. 건강만큼은 자부했는데 역류성식도염이 제일 먼저 찾아왔다. 시험이 다가올수록 수면 시간은 부족해졌고, 오전에는 책을 붙잡은 채 허공에서 헤드뱅잉을 하는 일이 잦아졌다. 피로가 극에 달했을 때는 조는 과정을 건너뛰고 최면에 걸리듯 바로 잠들었다. 그러다 허겁지겁 고개를 휘저으며 눈을 뜨면 '내가 언제 잠든 거지?' 하며 당황했다. 이 과정을 연속 세 번쯤 겪고 나면 비로소 몸이 보내는 최후의 신호라 여겨 잠시 눈을 붙였다. 컴컴한 다크서클과 뒤집어진 피부는 당연한 것이 되었다. 어느 밤에는 지쳐 잠들면서 '너무 깊이 잠들어 못 깨어나지는 않겠지?'라는 말도 안 되는 걱정까지 했다.

체력이 뚝뚝 떨어지는 와중에도 포기하고 싶지 않은 태도가 하나 있었다. 같이 공부하는 친구들에게는 따뜻한 응원을, 길에서 만난 지인들에게는 힘차게 반가움을 건네는 '여유'였다.

당시 캠퍼스에서 만난 후배가 말했다.

"언니는 임고생 같지가 않아."

"왜?"

"만날 때마다 항상 웃고 있거든."

교육대학교 4학년은 대부분 임고생이다. 그래서 4학년이 모여 있는 도서관에는 늘 팽팽한 긴장감이 서려 있다. 시험 스트레스로 병원에 다니거나 약을 먹는 일이 드물지 않을 만큼 꿈을 위해 노력과 시간을 갈아 넣는 뜨거운 현장이었다. 그러다 보니 서로의 열기에 데지 않으려 예민해지는 것이 당연했다.

하지만 당연함에 익숙해지고 싶지는 않았다. 여유를 잃지 말자는 혼자만의 약속을 알아봐준 후배의 말에 위로를 받았다. 그렇게 '임고생 같지 않은 임고생'의 날들이 하루하루 흘러갔다.

지금은 '나'라는 그릇을 빚고 굽는 시기야.

어떤 온도에서도 부서지지 않는

견고한 사람이 되자.

초수 일기 2:
영감 줍기는 멈출 수 없어

눈덩이처럼 불어가는 공부 더미 속 숨통이 트이는 시간은 식사 시간뿐이었다. 밥을 먹는 한 시간만큼은 문제집 밖 세상의 소리를 들었다. 갖가지 분야의 강연 영상은 굳어가는 뇌에 생기를 불어넣어주었고, '아하 모먼트'를 발견할 수 있는 영감의 샘물이 되어주었다. 하루는 밥을 먹으면서 존스홉킨스 대학 소아정신과 지나영 교수의 영상을 보다가 숟가락을 내려놓고 영감노트를 펼쳤다.

2022년 6월 5일

영상의 메시지는 단순했다.

'나를 아는 길은 경험과 성찰 위에 있다.'

놀랍게도 나는 지난 3년을 그 문장처럼 살아왔다. 무의식이 그리로 이끌었다. 학교라는 울타리 밖 경험을 찾고, 그 경험들에 유독 끌렸던 이유는 나 자신을 더 알고자 하는 갈증 때문이었구나.

그간 '자기 이해'와 '자아실현'이라는 두 날개의 힘을 키우기 위해 오색빛 경험을 찾아 다녔다. 그것들이 설렘을 주는지 직접 만져보고, 의미를 부여했다.

무대를 찾는 사람, 고유함을 좇는 사람, 모험과 탐험을 즐기는 사람, 행복을 가르치는 교육을 꿈꾸는 사람….

그 과정에서 알게 된 나는 이런 사람이었다.

지금 임용고시 공부를 하는 건 교육자로서의 전문성을 증명받기 위함이다. 내년에 교원자격증이라는 휘장을 허리춤에 찬 후엔 다시 세상 속으로 들어가 플레이어로서 뜨겁게 경험하자.

짜릿한 인생 여행!

한평생을 함께한 친언니도, 대학 생활 동안 붙어지낸 친구도 공통적으로 하는 말이 있다.

"정연이 네가 영감을 주워서 행복할 때 짓는 특유의 표정이 있어."

언니는 나의 그 표정만 보면 '또 시작이네' 하듯 웃는다. 황홀함에 젖어 눈은 촉촉하고 볼은 상기되어 헤벌쭉 웃는 표정이라고 했다. 나는 영감과 황홀함을 줍는 재미에 산다. 그 재미는 임용고시 공부 중에도 멈출 수 없었다. 삭막한 생활 가운데에서도 반짝이는 기쁨을 주는 영감줍기는 계속되었다.

외줄타기의
든든한 장대, 가족

임용고시는 외줄타기와 같다. 외줄의 반대편에 안전히 다다르려면 균형을 잡아줄 장대가 필요하다. 내 손에도 몇 가지 장대가 있었다. 감사일기, 친구들의 다정한 응원, 달콤한 간식. 그리고 내가 끝까지 버틸 수 있었던 가장 큰 이유, 가족.

우리 가족을 한마디로 표현하면 '한국 사회의 축소판'이다. IMF 위기가 오면 금 모으기 운동으로 똘똘 뭉치고, 월드컵 한일전이 열리면 삽시간에 모여 뜨겁게 하나되는 것이 우리나라 국민이다. 우리 가족도 그렇다. 평소에는 '각자 잘 살기'가 가훈일 정도로 각자의 궤도를 묵묵히 돌다가 누군가 흔들릴라치면 말하지 않아도 역할을 척척 맡아 곁을 메운다.

2022년, 메움이 필요한 사람은 나였다. 세 가족은 각자가 가장 잘할 수 있는 역할을 도맡았다. 엄마는 기숙사에서 배달음식으로 끼니를 때우던 딸을 위해 주말에 집밥을 싸주셨다. 윤기 도는 노란 강황밥, 나물로 가득 찬 반찬통마다 정성이 가득했다. 집밥 냄새가 풀풀 나는 쇼핑백은 아빠 차의 조수석으로 옮겨졌다. 엄마의 배턴을 이어받은 아빠는 "운전이 취미야."라며 기숙사 문 앞까지 도시락과 손가락 하트를 배달한 뒤 다시 집으로 향하셨다. 왕복 세 시간이 넘는 거리를 아무렇지 않게 오가는 우리 집 전담 '임 기사'였다. 도시락통 위에는 언제나 가족들이 빼곡히 적은 편지가 놓여 있었다.

마지막 지원군은 일곱 살 터울의 언니였다. 성향도, 성격도 정반대이지만, 퍼즐 조각처럼 달라서 더 잘 맞는 우리였다. 자매란 보통 언니가 동생을 부려먹는 사이라는데, 나는 대부분의 언니들이 그런 존재라는 사실을 인터넷으로 알게 되었을 정도로 자매간 우애가 좋다.

시험 한 달 전, 고민 끝에 언니에게 한 가지 부탁을 했다.

"언니, 딱 30일만 아침마다 응원 문자 한 통씩 보내줄 수 있어?"

시험을 한 달 앞둔 시점에는 일기 쓰는 시간조차 사치였기에 언니의 힘을 빌려 응원 주유를 받고 싶었다. 바로 다음 날부터 아침마다 작고 반짝이는 선물이 도착했다. 명언과 짤막한 사랑의 말이 담긴 선물이었다.

"인생에서 목표로 삼아야 할 것은 두 가지다.

하나는 원하는 바를 이루는 것, 또 하나는 그것을 즐기는 것이다.

오직 현명한 인간만이 두 번째까지 이뤄낸다."

현명한 임정연 ★

오늘도 사랑해 ♥

격언을 노트북과 휴대폰 배경화면으로 설정해두는 동생 맞춤형 문자였다. 기다림의 대상이 생기면 기다리는 시간을 기꺼이 버틸 수 있게 된다. 오늘은 어떤 응원이 와 있을지 기대하며 휴대폰을 여는 순간이 고시 생활 끝 무렵의 소

소하지만 확실한 행복이었다. 그 기다림 덕분에 혼자 눈을

뜨는 컴컴한 새벽이 외롭지 않았다.

그 기다림 덕분에 혼자 눈을 뜨는

컴컴한 새벽이 외롭지 않았다.

승부의 날

'시험 때까지 10점은 더 올려야 하는데….'

임용고시를 앞두고 모의고사를 치렀다. 합격선에서 저 멀리 떨어져 있는 점수는 오를 생각을 안 했다. 조급해지는 마음을 달래고자 새로운 전략을 세웠다. 일명, 목표 쪼개기 전략. 더도 말고 덜도 말고 일주일에 딱 1점씩만 올리자고 다짐했다.

눈앞의 목표가 작아지니 부담의 크기도 따라 작아졌다. 몸에 힘을 뺀 뒤 묵묵히 펜을 놓지 않고 버티니 노력은 배신하지 않는다는 진리가 드디어 내게도 찾아왔다. 아주 천천히 점수가 오르기 시작했다.

그리고 11월, 승부의 날이 밝았다. 임용고시는 수능과 비슷한 시기에 이뤄진다. 전날에 미리 사둔 죽과 수험표, 신분증을 챙겨 기숙사를 나오니 수능 한파 같은 임용 한파가 느껴졌다. 중대한 날인 만큼 미리 예약해둔 널찍한 택시에 탑승했다. 친구와 함께 임용 암기송을 흥얼거리며 한강 위로 떠오르는 일출을 바라보았다. 택시 안에는 긴장감과 평온함이 동시에 맴돌았다.

1차 임용고시는 총 3교시로 구성된다. 1교시는 교직논술, 2교시는 필기 A형, 3교시는 필기 B형이다. 교직논술은 자신 있었는데 첫 단추부터 꿰는 데 애를 먹었다. 몇 년간 이어지던 출제 경향이 뒤집힌 것이다.

'당황스러운 건 모두가 똑같을 거야. 지금 내가 할 수 있는 최선을 다하자.'

당혹감에 갈 길을 잃었던 볼펜은 금세 제 자리를 찾았다. 다행히 시간 안에 분량은 채웠는데, 아뿔싸. 답안지를 제출하는 순간 실수를 발견해버렸다. 논점을 작성할 때 '세 번째 논점은'이라 썼어야 했는데 '(3)'으로 써버린 것이다. 하지만 이미 종이 울린 후였다. 연습 때 단 한 번도 하지 않았던 실수를 남긴 채 1교시가 끝났다. 내가 할 수 있는 건 얼른 스스로를 다독여 남은 시험에 집중하는 것이었다.

"이제 나가셔도 됩니다."

모든 시험이 끝나고 감독관의 자유 허가 선언과 동시에 수백 명의 임고생이 일제히 고사장 밖으로 쏟아져 나왔다. 계단을 재빠르게 내려가는 발소리 사이에서, 이상하게도 내 세상만 천천히 흐르는 듯했다.

'왜 후련하지가 않지?'

기대했던 해방감 대신 찾아온 건 허탈감이었다. 학교로 돌아가는 택시 안에서 본 하늘은 먹구름에 가려 잿빛이 되어 있었다. 답변을 복기하다가 엎친 데 덮친 격으로 다른 과목에서의 실수까지 깨달아버렸다.

그 순간 하늘에서는 비가, 눈에서는 참고 참던 눈물이 떨어졌다. 그때부터였다. 1차 시험에서 떨어질 수도 있다는 가능성을 조금씩 마음속에 들여놓기 시작한 건.

더 멀리 뛰기 위한
도움닫기

시험이 끝나면 마음의 짐도 조금 덜어질 줄 알았다. 그러나 뜻밖에도 1차 시험을 마치고 결과를 기다리던 한 달이 1년 중 가장 고단한 시간이었다. 10개월의 필기 공부는 끝이 났지만, 면접 준비 전 허락된 휴식은 고작 7일뿐이었다.

1차 합격자가 발표되면 3주 뒤에 바로 2차 시험을 보기 때문에 합격 여부도 모른 채 2차 시험을 준비해야 했다. 확신이 없는 상태로 2차 시험을 준비하는 일은 마치 허공을 걷는 것과 같았다. 앞으로 나아가야 하는데 딛고 설 땅이 느껴지지 않았다.

노심초사의 시간이 지나고 교육청 홈페이지에 1차 시험

결과가 올라왔다. 조심스레 실눈을 뜨고 결과 조회 버튼을 눌렀다. 그 순간, 뜻밖의 문장이 나타났다.

임정연 님, 1차 합격을 진심으로 축하합니다.

떨어져도 받아들일 준비를 하고 노트북을 열었기에 놀라움은 더 크게 밀려왔다. 1.5배수 합격이었다. 합격의 문을 닫으며 1차 합격자 줄 맨 뒤에 선 셈이었다. 이는 2차에서 승부를 내지 못하면 최종 합격의 문은 열 수 없다는 뜻이기도 했다. 하지만 가뿐하게 속으로 외쳤다.

'이제 됐다! 면접은 붙을 수밖에 없지.'

그 자신감은 남은 기간을 버티는 연료가 되었고, 나는 더 멀리 뛰기 위한 도움닫기에 박차를 가했다.

서울 2차 임용고시는 이틀 동안 진행된다. 체력과 정신력 싸움이다. 1차 합격 소식과 함께 무기력함이 한 겹씩 벗겨지기 시작했다. 허공에 떠 있던 발도 그제야 땅에 닿는 느낌이었다.

2차 시험은 다섯 과목으로 이뤄진다. 한 시간 안에 주어진 조건에 맞춰 수업 계획안을 작성하는 교수·학습 과정안, 실제 학생이 앞에 있다고 가정하고 일인극처럼 수업을 시연하는 수업 실연, 그리고 영어 실연과 심층 면접, 영어 면접까지 공부하고 준비할 것들이 많았다.

스터디원들과 함께 수십 장의 과정안을 썼고, 셀 수 없이 많은 수업을 실연했다. 임용고시는 '교사가 될 자격이 있는 교대생'이 아닌 '지금 당장 교단에 설 수 있는 교육 전문가'를 가려내는 시험이기에 현직 교사, 교감선생님들의 멘토링도 열심히 찾아다녔다. 날카로운 피드백에 베이고 깎이며 성장했다. 그렇게 마지막 관문을 향한 새로운 공부에 빠르게 적응해나갔다.

합격은
따놓은 당상?

해가 넘어가고 1월, 마침내 결전의 날이 도래했다. 입김이 폴폴 피어오르는 겨울이었다. 면접을 위해 백화점에서 사두었던 원피스를 꺼내 입고, 새벽 5시의 어둠을 가르며 메이크업 숍으로 향했다. 코로나19로 인해 면접 중에도 마스크를 써야 했지만 디자이너의 손길로 머리와 얼굴을 말끔하게 정돈했다.

나는 원래도 추위를 잘 타는 편인데, 고사장에 도착하니 대기실 히터가 고장 나 있었다. 패딩 속에 웅크리고 있는데 내 수험번호가 불렸다. 짐을 챙겨 준비실로 향했다. 텅 빈 준비실에 놓인 것은 책걸상 하나뿐이었다. 고요가 사방에서 밀려왔다. 의자에 앉아 문제를 펼치고 15분 동안 답변을 준비해야 했다.

삑-.

타이머가 눌리자 14분 59초, 14분 58초. 시간이 냉정하게 흘러내렸다. 수업 실연을 하기 위한 구상지를 작성해야 하는데 펜을 쥔 오른손이 바들바들 떨렸다. 추위 때문인지 긴장 때문인지는 알 수 없었다. 어떤 무대에서도 좀처럼 떨지 않았는데, 내 모습이 낯설었다.

그래도 준비를 마치고 들어간 면접실에서만큼은 요상한 말이라도 자신 있게 하자던 다짐을 지켰다. 문제는, 정말로 '요상한' 말을 하고 온 것 같았다는 것이다. 면접실을 나서는데 내가 무슨 말을 했는지 기억이 나지 않았다. 그렇지만 이번에는 1차 때와 달리 허탈감 대신 해방감이 차올랐다. 그래서였을까. 합격이 따놓은 당상 같았다.

다음 날 아침, 알람 없이 기상하며 비로소 시험이 끝났음을 실감했다. 시련은 자신을 더 깊이 이해하게 하고, 삶의 태도를 재정비하게 만든다. 자신을 사랑하는 마음이 시련으로부터 얼마나 튼튼한 방패가 되어주는지도 절실히 느

껐다.

　새로 산 노트를 펼쳤다. 동화책 출판하기, 복식 발성 배우기, 춤추기, 교육 여행 떠나기, 교육 콘텐츠 제작하기…. 배우고 싶은 것과 도전하고 싶은 일을 줄줄이 적었다. 가득 찬 위시리스트를 보니 삶에 다시 생동감이 차올랐다. 그렇게 상상의 나래를 펼치며 독립한 사회인의 모습을 두 손 모아 기다렸다.

　띵, 카메라 녹화 버튼을 눌렀다. 책상 위에는 두 대의 카메라가 서로 다른 각도에서 나를 비추고 있었다. 최종 합격자가 발표되는 날이었다. 감격의 순간을 생생히 남기고 싶었던 영락없는 대학생 유튜버의 준비성이었다. 언젠가 임용고시 강연을 하거나 유튜브 영상을 만들 때 필요할 것 같았다.

　그러나 그 영상은 끝내 세상에 나오지 못했다. 영상에 담긴 것은 예상하지 못한 '불합격' 조회 화면과 그 앞에서 얼어붙은 나, 그리고 정적뿐이었다.

2장

무너짐 속에서

나를 붙잡다

쉬는 시간

기약 없는 쉬는 시간이 찾아왔다. 불합격의 좌절에 빠져 방 안에만 머무르고 싶지 않았다. 1년의 여정을 완주했다는 사실만으로도 스스로를 격려하고 칭찬할 자격이 충분했다. 앞으로 나의 길이 어디로 이어질지는 알 수 없었지만, 일단 이 쉬는 시간을 마음껏 누리기로 했다.

전시회를 다니다가 감명을 준 외국 작가에게 DM을 보내 답변도 받고, tvN 강연 프로그램 방청에 당첨돼 고개 끄덕이는 방청객으로 2초 남짓 출연도 했다. 공부하느라 미뤄두었던 논산의 할머니 댁에도 다녀왔다. 친척들과 웃음꽃을 피우고 오랜만에 흙냄새, 풀냄새 묻은 공기를 실컷 들이

마셨다. 사람은 본래 자연을 그리워하도록 태어났다는 뜻의 '바이오필리아(Biophilia)'를 책이 아닌 자연에서 느꼈다.

대학교 졸업식이 다가왔다. 2년 넘게 이어진 코로나19와 1년의 임용 준비, 돌이켜보면 대학생다운 시절은 1학년 때뿐이었다. 그럼에도 대학교는 내게 큰 선물을 두 가지나 남겨주었다. 사람 그리고 사랑. 초등교사를 꿈꾸는 순수한 영혼들이 모인 선한 공동체를 만났다. 맑은 인품을 지닌 이들과의 관계 덕분에 비대면의 고립도, 임용 준비의 고독도 견딜 수 있었다.

졸업식 날, 3년 동안 아낌없이 주는 나무처럼 내게 무한 응원과 애교를 건네줬던 후배들에게 편지와 선물을 전했다. 교내 카페에서 3천 원짜리 과일컵을 사 먹는 게 일상의 낙이었던 터라 자주 뵙던 카페 직원분들께도 도넛 한 박스와 함께 마지막 인사를 드렸다.

"이렇게 챙겨준 학생은 처음이에요."

그 말과 함께 직원분께서는 졸업식 날까지도 내 손에 과일컵 하나를 쥐여주셨다. 기숙사 보안관님도 빼놓을 수 없

었다. 피를 나눈 가족보다도 자주 마주했던 '캠퍼스 가족'들과 일일이 작별 인사를 나눴다(졸업 후에도 미련이 남았는지, 그만 택배를 기숙사로 보내 새학기 인사를 다시 드리긴 했지만 말이다).

쉬는 시간은 힘든 공부 사이에 끼어 있을 때 더 달콤한 법. 쭈글쭈글하던 '삶'이라는 풍선에 두 달 동안 생기를 불어넣고 나니, 쉬는 시간의 끝을 알리는 종소리가 어렴풋이 들려오는 듯했다.

물에 뛰어들기 전에는
준비운동이 필요하다

'다른 길을 택해도 괜찮아. 내가 정말 원하는 게 무엇인지 충분히 고민해도 돼.'

쉬는 동안 스스로에게 일러주었다. 온갖 진로의 가지를 다 흔들어보았다. 접어두었던 앱 개발의 꿈을 다시 펼칠까, 훌쩍 여행을 떠나볼까, 아니면 아예 다른 길이 또 있을까. 고민이 깊어질수록 내 모습은 놀이공원 출구에서 끝내 사먹지 못한 솜사탕을 아쉬워하며 뒤돌아보는 아이 같았다.

'다른 일을 더 좋아하게 될지도 모르잖아.'

이렇게 속삭이는 제2의 자아에게 이끌려 가고는 있는데, 눈은 여전히 교육이라는 솜사탕에서 떨어지지 않았다.

1년 전, 나는 그저 흐르는 물에 몸을 실었다. 대부분의 교대생 4학년은 임용이라는 바다에 뛰어들었기에 나 또한 큰 고민 없이 합류했다. 이 물이 내가 들어가고 싶은 물인지, 어디로 흘러가는지, 어떤 파도를 가졌는지 고민하지 않고 다이빙부터 했다. 허우적거리며 개헤엄을 치고, 몇 번이고 물을 코로 들이켰다. 그러다 서서히 자세를 익혀 마침내 서핑보드 위에 올라섰다.

'이제 파도를 갈라보자.'

마음먹은 순간, 균형을 잃고 다시 물속으로 빠졌다. 정신없이 휩쓸린 1년이었지만 덕분에 분명히 알게 된 것이 하나 있었다. 물에 뛰어들기 전에는 반드시 준비운동이 필요하다는 것.

'왜 교육이어야 하는가' 하는 질문에 이유를 말할 수 있어야 했고, 그 선택에 따른 무게를 감당할 각오가 필요했다. 쉼이라는 뭍에 올라오고 나서야 나는 비로소 'Why'를 묻기 시작했다.

나는 왜 교육에 끌릴까?

‘나눔’과 ‘무대’라는 두 단어가 질문 끝에 떠올랐다. 무대는 언제나 나의 눈을 반짝이게 한다. 배운 것을 나누고 그로 인해 타인과 함께 변화할 때 느끼는 기쁨도 이루 말할 수 없다.

중·고등학교 시절, 나는 교내 축제에서 MC를 맡아 "다음 무대는….” 하고 소개한 뒤 중앙으로 걸어가 춤출 준비를 하던 학생이었다. 가족들과 베트남 여행을 갔을 때는 버스킹을 하던 외국인에게 즉석에서 합동공연을 제안해 지나가던 사람들의 발걸음을 붙잡았다. 대학교에 들어와서는 입시 경험을 나눠달라는 요청에 비행기를 타고 진로 강연을 다녔고, 〈세상을 바꾸는 시간 15분〉 강연장에 방청객으로 갔다가 되레 무대에 올라 스피치를 하고 내려오기도 했다. 유튜브를 통해 교육대학생의 일상을 나누던 시간까지, 나의 수많은 발자취는 늘 온오프라인을 가리지 않고 무대 위에 있었다.

그렇다면 나는 무대가 왜 좋을까. 첫 번째 이유는 무대가

전이의 공간이기 때문이다. 춤을 추면 즐거움이, 말을 하면 열정이 번진다. 이글거리는 눈빛을 가진 사람들과 만나 에너지의 상승 곡선을 만드는 것이 좋다. 두 번째는 무대가 창조의 공간이기 때문이다. 나는 어설프더라도 직접 두 손으로 빚는 감각을 추구한다. 없던 것을 기획하고, 있던 것을 재창조하는 예술적인 일을 좋는다.

그런 내가 가장 자신 있게 설 수 있는 무대가 바로 '교단'이었다. 직접 기획하는 수업은 하루하루 빚어내는 작품이고, 교실은 내가 마음껏 말하고 춤출 수 있는 무대다. 순수의 결정체인 아이들은 교사의 나눔을 흡수하고 더한 사랑을 만들어낸다.

'나눔'과 '무대'가 완벽하게 맞물린 공간에서 발을 떼려야 뗄 수가 없었다. 꼬리에 꼬리는 무는 질문 끝에 찾아낸 것은 '용기'였다.

'그래, 딱 한 번만 더 다이빙해보자.'

그렇게 나는 다시 다이빙할 준비를 했다. 길었던 머리를 짧게 자르고 머뭇거림도 함께 잘라냈다. 그리고 이유와 여유를 품은 채 다시 임용고시라는 바다 앞에 섰다.

내가 가장 자신 있게

설 수 있는 무대가 바로 '고단'이었다.

이번에도 떨어지면
교단은 떠날래

"진짜 마지막. 이번에도 떨어지면 교단은 떠날래."

가족과 지인들에게 엄중히 선포했다. 단순히 시험 준비를 또 하고 싶지 않기 때문은 아니었다. 2년의 임용고시 준비면 교사에 대한 미련을 남김없이 풀어내기에 충분하다고 생각했다. 남은 청춘의 금 같은 시간과 힘을 새로운 돌파구를 여는 데 쓰고 싶었다. 그래서 나는 마지막다운 1년을 위해 자진하여 진퇴양난의 골짜기로 들어갔다. 잡생각이 들어올 틈 없는, 공부에 최적화된 환경을 만들었다.

먼저 기숙사를 나와 본가로 돌아왔다. 학교 도서관에서는 임고생들의 뜨거운 눈빛에서 자극을 얻을 수 있지만, 당시 내게 필요했던 것은 자극이 아니라 고요 속의 몰입이었다. 그래서 임고생 한 명 보이지 않는 본가 옆 독서실에 회원 등록을 했다. 건강하고 맛있는 집밥 먹으며 점심, 저녁 메뉴를 더 이상 고민하지 않아도 되는 것 역시 본가 생활의 푸근한 장점이었다.

그리고 모든 SNS를 삭제했다. SNS를 지우니 주변 사람들과의 왕래도 자연스레 멈췄다. 오직 나와 공부만 남은 적요한 무대가 만들어졌다. 두 번째로 선 무대여서인지 긴장이 덜했다. 떨어지면 안 된다는 강박도 내려놓을 수 있었다. 내 몫은 최선을 다하는 것뿐. 그 결과는 진인사대천명, 하늘의 몫으로 넘기기로 했다.

그즈음에 가까운 목사님으로부터 전화 한 통이 걸려왔다. 재도약을 응원하는 마음과 함께 전해주신 한 문장이 오래도록 귓가에 맴돌았다.

"이 일이 정연 님에게 찾아온 이유가 있을 거예요."

불합격이 내게 온 이유라니. 그동안 실패의 현실적 원인만 추적했지, 실패의 의미를 생각해보진 않았다. 전화를 끊고 나니 이 실패가 오히려 기회일 수 있다는 발상의 전환이 일어났다.

'만일 재수로 합격하면 현역은 물론 N수생의 마음까지 품을 수 있는 사람이 되는 거잖아?'

남에게는 섣불리 해서는 안 되지만 나 자신에게만큼은 허락해도 되는 것이 있다면, 바로 의미 부여다. 타인의 말과 행동 하나하나에 의미 부여할 이유는 하등 없다. 명탐정마냥 언행의 저의를 추리한들 추리가 맞을 가능성보다 틀릴 가능성이 월등히 크기 때문이다.

반대로 자신의 선택에 대해서는 부지런히 이유를 찾고 의미를 부여해도 괜찮다. 김춘수 시인의 '꽃'에는 이런 구절이 있다.

> 내가 그의 이름을 불러 주었을 때
>
> 그는 나에게로 와서
>
> 꽃이 되었다.

이처럼 선택에 이름을 붙이는 순간, 그 선택은 비로소 삶에 향기를 남기는 꽃이 된다. 나는 재수라는 선택에 'N수생의 희망이 될 수 있는 기회'라는 이름을 붙였다. 그렇게 피어난 꽃은 다시 1년을 버티게 하는 나만의 원동력이 되어주었다.

바닥부터
다시 쌓기

'공부가 주특기'라는 자부심은 내려놓아야 했다. 공들여 지은 탑 아깝다고 겉칠만 다시 했다간 언제 또 무너질지 모를 일이었다. 그래서 뼈대까지 완전히 분해해 공부 방법도 태도도 모두 바닥부터 다시 쌓기로 했다.

임용 교재를 집기 전, 고시 공부로 유명한 이윤규 변호사의 저서 『나는 합격하는 공부만 한다』부터 펼쳤다. 교재 활용법, 기출문제 분석, 오답노트 작성, 복습 전략, 멘탈 관리 등 공부를 처음 시작하는 사람처럼 한 문장도 흘려보내지 않고 정독했다. 그리고 책에서 제시한 공부법과 그것을 임용고시에 적용하는 방법을 모조리 정리했다.

책에서 추천한 첫 단계는 '합격 수기 읽기'였다. 그래서 80점 만점 중 70점 이상으로 합격한 고득점자들의 수기를 닥치는 대로 찾아 읽었다. 합격 수기를 읽는 데만 며칠이 걸렸다. 초수 시절에는 이 공부법이 좋다, 저 공부법이 좋다 하는 말들에 휘둘려 선택 마비에 빠지기 십상이었다. 기준이 없었으니 무엇을 따라야 할지 감이 잡히지 않았던 것이다. 그런데 수십 편의 합격 공부법 데이터가 머릿속에 쌓이자, 신기하게도 공통점이 뚜렷이 보였다. 공통점은 그대로 반영하고 나머지는 내 성향에 맞게 선택하면 되었다.

그다음으로 'N수의 별'이라 불릴 수 있는 패인 분석에 들어갔다. 패인 분석의 정확도가 높아질수록 N의 숫자는 낮아진다. 가로 세 칸, 세로 열두 칸의 표를 만들어 왼쪽부터 과목명, 작년의 공부법, 개선된 공부법을 채워 넣었다.

유독 내 발목을 잡았던 과목은 수학과 과학이었다. 두 과목 앞에 쌓였던 두려움의 벽을 마주하고, 벽을 돌파하기 위한 계획을 촘촘히 세웠다. 이때 세운 계획 덕분에 가장 두려웠던 과목들이 나중에는 가장 자신 있는 과목으로 탈바꿈했다.

N수생이라고 서글픔만 있는 건 아니다. N수생의 가장 큰 강점은 이미 지나온 길이 표시된 지도를 손에 쥐고 있다는 점이다. 비록 그것이 실패의 경로였을지라도 말이다. 임용고시 세계에 처음 발을 들였을 때는 지도는커녕 코앞의 이정표를 더듬으며 겨우 길을 냈다. 그러나 다시 발을 들일 때는 이미 걸어온 길 위에서 이정표의 방향만 재정렬하면 되었다.

나는 지나온 길을 하나씩 복기하며, 잘못 가리키고 있던 이정표의 방향을 차분히 고쳐나갔다. 그렇게 분해와 조립에 시간을 아낌없이 쏟고 나니 준비운동을 마친 듯 개운했다. 그리고 생각했다.

'이거, 되겠는데?'

나만의 목표에
시선 고정

재수를 하며 임용고시 첫 해보다 자주 느끼게 된 감정은 '만족'이었다. 변화는 스스로 세웠던 세 가지 강박의 울타리에서 벗어나면서 시작되었다.

첫 번째 울타리는 미라클 모닝이었다. 성실의 상징처럼 여겨졌던 새벽 기상을 내려놓았다. 새벽에 일어나고 싶어서가 아니라, 그래야만 할 것 같아서 미라클 모닝을 시작했었다. 하지만 내 체력을 고려하지 않은 수면 패턴은 오히려 피로도를 높이기만 했다.

그래서 건강을 염두에 두며 공부 시간을 오전 9시에서 오후 6시까지, 오전 8시에서 오후 10시까지, 그리고 오전 7

시에서 자정까지 점진적으로 늘려갔다. 깨어 있는 시간의 밀도를 높여, 수면의 양과 질을 지키기로 했다. 그것이 공부의 질도 높이는 방법이었다.

두 번째 울타리는 완벽주의였다. 왜 아침에 플래너를 적을 땐 나의 능력치를 과대평가하게 되는 걸까. 비현실에 가까운 계획을 세워두고 달성하지 못한 계획 앞에서 아쉬움의 한숨을 내쉬곤 했다.

이로부터 벗어나기 위해 도입한 전략이 '투트랙(two-track) 목표'였다. 하루의 최소 목표와 최대 목표를 동시에 설정하는 방식이다. 재수를 시작하며 읽은 책에서 힌트를 얻었다. 최대 목표만 세워두면 도달하지 못하는 날이 많았는데, 최소 목표를 동시에 정해두니 하루를 마무리하는 마음이 달라졌다. 적어도 꼭 해야 할 오늘의 몫은 해냈다는 사실이 조바심을 가라앉혔다.

세 번째 울타리는 '쉼은 사치'라는 착각이었다. 원래는 유튜브 참기, 외식 참기 등 임고생이라면 참아야 한다고 여겼던 것들을 모두 금지했었다. 그랬더니 갈망이 오히려 더 커지는 부작용을 겪었다. 청개구리 같은 마음을 진즉에 달

래기 위해 재수 때는 매일 누를 수 있는 작은 행복 버튼을 마련했다.

나의 행복 버튼은 자전거, 산책 그리고 만두였다. 독서실을 오가는 길에는 시원하게 자전거를 탔다. 가끔은 독서실까지 일부러 빙 돌아가는 소소한 일탈도 즐겼다. 긴 호흡의 공부를 마쳤을 땐 독서실 앞 저수지를 한 바퀴 산책하며 드높은 하늘을 올려다봤다. 진이 빠질 만큼 애쓴 날에는 밤 12시에 만두를 먹었다. 잠을 청해야 하니 거하게 배부르지는 않으면서도 "캬!" 감탄사가 나오는 간식이었다. 집에 돌아와 "만두~!"를 외치면 아빠가 찜기를 꺼내셨고, 나는 간장에 매실청을 섞고 참깨를 솔솔 뿌려 김 오르는 만두를 기다렸다.

재수 생활이 무르익을 즈음, 서울 지역 임용 TO가 발표됐다. 혹시나 했던 TO는 역시나 변화가 없었다. 초수 때 절반으로 줄어 역대 최저였던 100명 그대로였다(이제 와서 아주 살짝 억울한 사실이 하나 있다면 내가 시험을 봤던 두 해에만 TO가 바닥을 찍고 원상복귀되었다는 점이다). 다행히 마음의 동요 역시 없었다. 기회는 많을수록 좋지만, 그와 별개로 TO는 수험생으로서 받아들여야 하는 현실이었다.

‘TO가 100명이든 10명이든 합격할 수밖에 없는 점수를 받는 거야!’

그 목표에 시선을 고정하니, 불안이 끼어들 틈이 없었다.

재수 생활 속
다정 조각들

공부의 흥을 끌어올리는 방법은 춤꾼이 되는 것이다. 학생에게 설명한다고 생각하며 입으로 중얼중얼 내용을 되뇌고, 몸도 요리조리 움직인다. 두 손을 원 그리듯 돌리기도 하고, 이쪽저쪽을 찌르며 강조도 한다. 남이 보면 조금 이상해 보일지 몰라도, 그 순간에 몰입하면 손이 저절로 올라간다.

나는 오픈형 공간의 독서실을 다녔다. 오래 머무니 자연스레 얼굴을 익힌 동지들이 생겼다. 한결같이 벽돌 같은 책을 들고 일정한 시간대에 마주치는 동지들. 지정석이 아니었음에도 각자 늘 찾는 자리가 있었다. 나는 푸릇한 식물이

무성하게 놓인 독서실 중앙 테이블을 좋아했다. 나의 애착 좌석이었달까.

항상 그 옆옆 자리를 찾는 한 사람이 있었다. 그 사람은 다른 자리에서 공부하다가도 결국 그 자리로 돌아오곤 했다. 씰룩대며 공부하는 나와 달리 우직하고 묵묵하게 책만 뚫어져라 보는 분이 옆에 있으니 혼자 경쟁심이 붙어 공부 열의가 타오르기도 했고, 마치 전쟁통에서 만난 동료처럼 든든하기도 했다.

어느 날, 여느 때처럼 공부하고 있는데 옆으로 그림자가 드리워졌다. 늘 한두 자리 떨어져 앉던 바로 그분이었다. 그분은 꾸벅 인사를 하더니 포스트잇이 붙은 에너지바 하나를 건네고는 짐을 싸서 나갔다.

'뭐지?'

잠깐 당황했지만 짧은 고백이 적힌 포스트잇을 보자 나도 모르게 미소가 번졌다.

시험이 주말이라 내일까지 스터디 카페를 나오게 되어서요.

오래 같이 공부하진 않았지만, 그쪽을 이용 중이었습니다.

너무 열심히 공부하셔서,

지쳐서 퍼지는 저한테는 힘이 되었던 것 같아요.

부담 없이 드시고 준비하시는 것 다 파이팅이요!

이렇게 유쾌한 '이용당함'이라니.

시험 한 달 전부터 매일 상가 복도를 서성이며 화상 스터디하던 내 모습에 유료 스터디룸을 무료로 열어주신 독서실 사장님, 갑자기 생각났다며 안부와 응원을 건네거나 귀한 임용 자료를 한 아름 보내준 친구들까지. '굳이?' 하고 지나칠 수도 있었을 순간에 기꺼이 손길을 내어준 사람들의 무수한 다정함은 고군분투하는 나를 꼭 안아주었다.

머리 위에
드리운 먹구름

자신감과 안정감으로 재수 생활은 내내 화창할 것만 같았다. 하지만 날씨도, 마음도 원하는 대로 흘러가지만은 않는다. 종종 아빠는 딸 수고한다며 독서실까지 차로 태워다 주셨다. 독서실로 향하던 어느 아침, 조수석에서 창밖을 멍하니 바라보는데 갑자기 눈물이 터졌다. 눈물이 서서히 차오른 것이 아니라 더는 참을 수 없다는 듯 눈을 비집고 나와 줄줄 흘렀다.

'왜 이렇게 버겁지.'

고구마 열 개를 한 번에 삼킨 듯 속이 꽉 막힌 기분이었다. 처음엔 공부가 힘들어서 그런가 싶었다. 그러다 곧 알게 되었다. 그 눈물이 나 혼자만의 것이 아니었음을. 가장 빛났어야 할 학교에서 빛을 잃은 한 신규 선생님의 가슴 아픈 소식이 전해졌다. 예고 없이 머리 위로 드리운 먹구름 아래, 교직 사회는 한동안 햇살 한 줌 없는 어둠에 잠겼다.

무너진 교권

보고 싶지도, 듣고 싶지도 않은 그 말이 하루가 멀다 하고 들려왔다. 학교에는 알록달록 옷 입은 아이들 대신 검은 옷의 추모객과 애도의 화환이 줄을 이었다. 먹구름에서 쏟아진 비는 교사의 눈물이었고, 교직 사회의 비애였다. 전국 곳곳에서 추모가 이어졌고, 선생님들의 아우성이 수면 위로 떠오르기 시작했다.

금이 간 교육 공동체의 신뢰, 법의 잣대가 난무하는 교실. 수면 아래의 현장을 알지 못했던 나는 갑작스레 쏟아지는 비를 속수무책으로 맞았다. 교권 침해를 경험하지 않은 선생님보다 경험한 선생님이 많다는 사실을 그제야 뉴스를 통해 알게 되었다. 허망했다. 선생님들의 SNS 프로필은

검정 리본으로 채워졌고 교직 만족도가 바닥을 찍었다는 기사는 연일 고개를 내밀었다.

‘내가 틀린 길을 가고 있는 건가?’

여태 옳다고 믿어온 길을 세상은 가지 말라며 손을 내저었다. 마치 내가 역행하는 사람이 된 것 같았다. 몸에서 힘이 쭉 빠졌다. 어떻게든 희망을 붙잡고 싶어 인터넷 검색창에 ‘교직 생활 만족’, ‘행복 교실’을 적어도 보았다. 행복한 교육 현장의 이야기를 나누는 곳이 하나쯤은 있지 않을까 하는 간절한 마음으로 뒤졌지만 끝내 찾지 못했다.

그럼에도 불구하고 추모의 마음을 품고 교사는 다시 아이들 앞에 서고, 임고생은 책상 앞에 앉아야 했다. 이 길이 틀린 길이 아니라는 것을 증명하기 위해서였다. 사회의 뿌리인 교육이 뽑혀 나가지 않도록, 우리는 흙처럼 모여 더 단단히 뭉쳤다.

재수 일기:
몇 살? '믿음' 살!

2023년 4월 3일

생일 케이크에 꼭 나이만큼 초를 꽂을 필요가 있을까.

그 숫자가 나를 성장시키는 것도 아니고

그 한 해를 온전히 대변해주지도 못하는데 말이다.

그래서 숫자 대신 가치로 나의 한 해를 정의하기로 했다.

올해의 가치는 '믿음'.

시험을 준비하는 과정을 오직 믿음으로 채우겠다는

다짐에서 이렇게 정했다.

하루하루 만족스러운 공부를 하겠다는 믿음.

나의 공부 방향과 방법에 대한 믿음.

점수에는 다 담기지 않는 진정성을 갖춘

교육자가 될 것이라는 믿음.

먼저 취업한 친구들을 보면

'나는 왜 아직 취준생일까' 하는 생각이 들었고

생기 가득한 대학교 후배들을 보면

'나도 대학생 때 교환학생도 다녀오고, 도전도 더 해볼걸'

하는 아쉬움이 고개를 들었다.

'2n살인데 아직도?'

'2n살이라 이제는….'

나이에 맞는 일이 따로 있다는 착각 속

괜한 푸념을 늘어놓은 적도 있다.

하지만 나이는 편의상 만든 넘버링에

불과하다는 것을 안다.

숫자를 가치로 대체하니

빠르고 느림의 기준에서 한발 멀어질 수 있었다.

대신 내가 가치를 어떻게 얼마나 실현하고 있는지에

집중할 수 있게 되었다.

올해 생일 케이크 앞에서는 이렇게 기도해야지.

'이 믿음을 끝까지 지키게 해주세요.'

언니의 눈물

1년이 지나, 다시 한번 1차 필기시험 합격 소식을 맞았다. 초수 때는 1.5배수로 맨 뒤에서 문을 닫으며 간신히 합격했던 반면 이번에는 1.0배수의 점수로 2차 시험의 기회를 얻었다. 다만 삐끗해 뒤로 넘어가면 절벽이었다. 이를 악물고 자리를 지키거나 앞으로 나아가야만 했다.

간절함을 대견히 여기신 한 교감선생님께서 면접 멘토링 프로그램에 자리가 하나 비었다며 피드백을 받아보지 않겠느냐고 제안하셨다. 보통 멘토링은 초수생 대상이라 재수생에겐 그림의 떡 같은 자리였다. 감사한 마음으로 멘토링에 참여하기로 했다.

‘기대하시는 만큼 부응하고 싶은데, 괜히 실망을 안겨드리는 건 아닐까.’

연습을 거듭할수록 부족한 점이 선명해져 자신감이 많이 낮아진 시기였다. 그러다 멘토링 날 아침, 마음을 고쳐먹었다.

‘그래. 멘토링은 칭찬받으러 가는 곳이 아니야. 교정받으러 가는 곳이지. 자신 있게 내 모습 다 보여주고, 쓰디쓴 피드백이라도 한 움큼 삼켜 오자!’

멘토링에서 받은 수업 실연 과목은 3학년 사회였다. ‘우리 고장의 여러 모습을 탐색할 수 있다’라는 학습 목표 아래 실생활 연계, 디지털 교수·학습 자료 사용, 게임 기반 수업 등 다양한 실연 조건이 줄지어 붙어 있었다. 실제 학교에서는 40분 동안 이뤄지는 수업을 15분으로 압축해 실연해야 했다.

“우리 연꽃 모둠은 서로의 말에 귀 기울이는 태도가 아주 멋지네요.”

“민수는 지도에서 우리 고장의 도서관을 찾았군요!”

눈앞에 스무 명의 초등학생이 있다고 상상하며 최선의

일인극을 펼쳤다.

"이상으로 수업 실연을 마치겠습니다."

끝인사를 마치고 피드백 시간이 찾아왔다. 어떤 피드백이든 겸허히 받아들이고 배우자고 속으로 되뇌었다. 피드백이 적힌 종이를 한참 들여다보시던 교감선생님이 고개를 드셨다.

"자기만의 심지를 가지고 수업을 하네요. 노련함이 보여요. 표정과 목소리에 여유가 있고, 수업 설계에는 빈틈이 없어요."

앙다물고 있던 입가에 그제야 안도의 미소가 퍼졌다. 지금껏 해온 준비가 헛되지 않았음을 처음 온몸으로 느낀 순간이었다.

자신감은 충전되었지만 수업 실연만으로 안도하기엔 일렀다. 집에서 심층 면접 준비를 할 때는 답변의 전문성은 물론, 태도의 한 끗 차이로 드러나는 인상까지도 훈련했다. 면접장 문을 여닫을 때의 시선, 인사 각도, 의자까지 걸어가는 자세, 목소리의 높낮이까지 말이다.

시험을 앞두고는 교육을 전공한 친언니를 면접관 삼아 몇 번이고 모의 면접을 반복했다. 일부러 무표정을 지어달라고 부탁까지 하며 긴장감과 몰입도를 높였다. 미간을 찌푸린 채 함께 몰입하던 언니는 면접 종료를 알리는 타이머가 울리자 갑자기 침대에 털썩 엎드렸다. 어리둥절한 표정으로 언니를 보고 있었는데, 일어선 언니 얼굴에 눈물이 흐르고 있었다.

"울 거면 내가 울어야지. 언니가 왜 울어?"

"가족들 보이지 않는 데서 너 혼자 이렇게 1년 동안 애쓰고 있었구나 싶어서. 답변 끝날 때까지 눈물 참느라 혼났어."

그날 밤 언니는 나를 향한 짧지만 애정 어린 찬사를 남기고 잠자리에 들었다.

나는 사범대를 나온 뒤 내가 교사를 선택하지 '않았다'고 생각했다. 아주 거만한 생각이었다. 교대를 졸업해 서울 임용고시를 준비하는 동생을 보며 난 교사를 선택하지 않은 게 아니라 '못한' 것임을 깨달았다.

1년에 한 번뿐인 시험을 위해, 도전을 즐기고 무대를 사랑하던 한 사람이 SNS를 끊고, 크리스마스도, 새해도, 명절도 없이 1년 내내 책상 앞에 앉아 있어야 했다. 임용고시는 정말 아무나 할 수 있는 것이 아니었다.

교사가 되기까지 엄청난 경쟁률을 뚫어내는 예비 교사의 정신력과 노력에 대해 그 누구도 함부로 말해서는 안 된다는 걸 뼈저리게 느꼈다.

열심히 공부해 교사가 된 이들,

고시를 준비하는 모든 취준생을 진심으로 존경한다.

돌아보니
선물이더라

2023년 1월에 첫 면접을 보았던 그곳에 365일이 지나 다시 섰다. 같은 달, 같은 자리였다. 하지만 그 사이를 채운 시간만큼은 결코 같지 않았다. 다른 길을 택할 수도 있었고, 중간에 포기하고 싶은 날도 있었다. 몇 번의 고비를 넘기며 결국 그 자리에 다시 서게 되어 뿌듯했다.

정답이 없는 길을 좋아하던 내가 정답만을 요구하는 시험에 2년을 바치며 이런 걱정을 한 적도 있다.

'내 고유의 에너지를 잃어버리는 건 아닐까.'

하지만 돌이켜보면 그 시간은 나를 흐리게 하기보다 오히려 더 선명하게 만들어주었다. 그때가 있었기에 내가 어떤 일 앞에서 당돌해지거나 머뭇대는지, 좋아하고 잘하는 일은 무엇인지 등 스스로에 대한 앎이 넓어졌다.

끝이 없을 것만 같던 긴 터널의 출구가 보이기 시작했다. 2차 시험을 나흘 앞두고 이런 메모를 적었다.

고작 4일 뒤면 이 공부도 일상이 아닌 것이 된다.

이제 내가 할 수 있는 것.

– 여유로움 장착하기

– 이미 충분한 능력을 가졌다고 믿기

– 삶의 모든 순간을 즐기기

– 밝게 미소지을 수 있음에 감사하기

– 결과를 기꺼이 받아들이기

사람에게는 향기가 난다고 했다. 주변에까지 인향(人香)을 퍼뜨리는 사람은 매사에 즐거움의 기운을 지닌 사람일 것이다. 나 역시 그런 사람이 되고 싶다. 어떤 역경일지라도 낙담하기보다는 하나의 게임 미션처럼 여길 줄 아는 경쾌함을 가지고 살고 싶다. 이 세상을 살아가는 방법은 백만

가지가 넘으니까. 정답은 없고 해답만이 존재하는 세상이
니까.

재수를 시작하던 무렵, 가까운 목사님께 들었던 말씀이
다시 떠올랐다.

"이 일이 정연 님에게 온 이유가 있을 거예요."

시험을 마친 뒤에야 그 말씀의 뜻이 분명하게 느껴졌다.
불합격이라는 실패 덕분에 나는 왜 교사가 되고 싶은지 이
전보다 더 또렷하게 말할 수 있는 사람이 되었다. 교육을
사랑하는 이유를 되짚는 계기가 되었고, 교육자로서 도전
하고 싶은 방향도 뚜렷해졌다.

임용고시에 대한 이해 역시 깊어졌다. 만약 합격한다면
이 길을 뒤따라올 후배들의 임용 여정을 돕고 싶다는 마음
도 자라났다. 나의 시행착오가 누군가에게는 지도와 나침
반이 되기를 바랐다. 앞선 사람의 발자국을 보며 덜 헤매
고, 시간을 조금이라도 아낄 수 있도록.

나의 2024년 2월은 2023년의 2월과는 달랐다. 시험 결과

조회 화면을 가린 두 손을 아주 천천히, 1밀리미터씩 내리며 마주한 문구.

집 안 가득 울려 퍼진 가족들의 탄성 속에서 실감했다. 730일의 도움닫기 끝에, 서울 임용고시 0.3배수 안에 안전히 착지했다는 사실을. 두 손을 위로 쭉 펼쳐 착지 자세를 취하고, 마침내 나는 시험대 밖으로 걸어나올 수 있었다.

돌아보니, 그 모든 시간이 선물이었다.

3장

교실에서 피어나는 꿈

어쩌다 출근

교단에 오르기 위한 본격적인 준비가 시작되었다. 발령 지역 안내 문자를 받았는데, 나는 강남·서초구로 향하게 되었다. 2월 말, 강남서초교육지원청에서 신규 교사 임용식이 열렸다. 아침 일찍 일어나 옷매무새를 단정히 하고 머리를 말끔히 묶었다. 전날 밤 내린 눈으로 도로가 미끄러웠지만, 망설임 없이 구두를 집어 들었다. 발령 지역 다음으로 궁금했던, 앞으로 5년 동안 근무하게 될 학교를 알게 되는 날이었기 때문이다.

임용식에서 신규 교사들은 강당 중앙에 앉았고, 각 학교의 부장 선생님들께서는 꽃다발을 안은 채 주변에 서 계셨다. 그리고 커플 매칭처럼 학교명과 신규 교사 이름이 호명되면, 그제야 서로를 알아보는 방식이었다.

우리 초등학교로 발령받은 신규 교사는 나를 포함해 두 명이었다. 한 분은 특수 교사셨는데, 햇살 같은 인상을 보고 속으로 생각했다.

'내가 발령 동기 복을 받았구나.'

곧 우리의 이름이 불렸고, 부장 선생님 두 분께서 환대의 제스처를 취하며 다가오셨다.

"어머, 우리 학교 신규 선생님들이시구나. 축하해요."

그러곤 꽃다발을 우리 품에 안겨주셨다. 매칭이 끝나자 데이트가 이어졌다. 눈이 소복이 쌓인 날이었다. 부장 선생님께서 먼저 "이런 날은 사진으로 남겨야죠!" 하며 최고의 배경을 찾아 몇 번이고 셔터를 눌러주셨다. 교직 인생에서 단 한 번뿐인 순간을 아낌없이 기록했다.

사진을 찍은 후 다 함께 학교로 향하는 차에 올랐다. 차 안에서는 호구 조사에 가까운 대화가 오갔는데 개그맨 같은 선생님과 리액션 부자 선생님 덕분에 웃음이 끊이지 않았다. 입김이 허옇게 나오는 겨울날이었지만, 유난히 따뜻

임 명 장
성명 임정연
(임명사항)
초등학교 교사에 임함
서울특별시강남서초교육지원청교육장이
지정하는 학교 근무를 명함
2024년 3월 1일
교육감 조희연

했던 차 안에서 또 한 번 생각했다.

'선배 교사 복까지 받았다니.'

"와~ 환영해요!"

학교에 도착해 교무실 문을 여는 순간, 교장선생님과 교감선생님, 여러 선생님께서 막내들의 첫발을 반갑게 맞아 주셨다. 레드카펫 행사를 방불케 하는 환호, 그리고 교무실 벽에 크게 붙은 축하 플래카드까지. 연신 허리를 굽히며 뜨거운 환영을 온몸으로 받았다.

"임정연 선생님은 1년 동안 우리 아이들의 영어를 책임져주세요."

놀라움의 연속이었다. 첫해를 교과 전담 교사로 시작하고 싶었는데, 기적처럼 그 바람이 이루어진 것이다. 그것도 내가 가장 좋아하는 영어였다. 그렇게 행복 꽉 찬 마음으로, '어쩌다 출근' 첫째 날이 끝이 났다.

Let's have an
English party!

'새로운 반에 아는 친구가 있을까. 내 자리는 어디일까. 선생님은 누구실까.'

모르는 것투성이인 채 교실로 향하던 첫 등굣날의 두렵고 설레는 발걸음을 기억하는가. 예나 지금이나 새 학년, 새 반으로 향하는 아이들의 걸음에는 떨림이 묻어난다.

새롭게 알게 된 사실 하나는, 새 학기 첫날 떨리는 사람이 학생만은 아니라는 것이다. 연차가 지긋한 선생님들조차 교실 문 앞에서 한 번 숨을 고르신다고 한다. 선생님의 머릿속을 맴도는 질문의 결만 아이들과 다를 뿐이었다.

'아이들이 어떤 표정으로 들어올까. 아이들과 호흡은 잘

맞을까. 아이들 간 관계는 어떨까.'

개학을 앞두고, 1년 먼저 임용고시에 합격한 친구들에게 첫날의 노하우를 물었다. 친구들은 하나같이 진지한 얼굴로 답했다.

"절대 치아를 보여선 안 돼."

웃음을 보이지 말라는 뜻이었다. 고경력 선생님에게는 귀여운 전략처럼 들릴지 몰라도, 경험이 전무한 신규 교사에겐 필승 전략이었다.

다만 전략도 받아들이는 사람과 합이 맞아야 효과를 발하는 법이다. 나는 영어 교실에서 3·4·6학년 아이들을 일주일에 고작 두세 번씩만 만날 수 있었다. 내 목표는 아이들이 '영어가 이렇게 재밌는 과목이었어?' 느끼게 하는 것이었다. 영어를 배우러 오는 길이, 적어도 선생님을 만나러 오는 길이 즐겁길 바랐다. 초등학교에서만큼은 내적 동기, 그중에서도 '흥미'를 키워주고 싶었다. 그래서 눈도, 입도 옆으로 찢어진 '무서운 선생님' 이미지는 나와 맞지 않는다는 생각에 그 전략은 조용히 접어두었다.

첫날, 1교시에 만난 아이들은 6학년이었다. 봄에 맞춰 만든 벚꽃 디자인의 프레젠테이션을 띄웠다. 전날 밤 대본까지 써서 달달 외우며 연습한 멘트를 꺼냈다.

"선생님은 시험 100점보다 태도 100점에 더 크게 박수 치는 사람입니다. 영어 시간에 함께 기를 인성 요소 네 가지를 소개할게요. 첫째, 인사. 둘째, 긍정. 셋째, 용기. 넷째, 배려."

순서대로 설명을 덧붙였고, 세 번째 인성 요소를 안내할 차례였다.

"용기를 키우는 가장 쉬운 방법을 알려주겠습니다. 모두 일어서엇! 지금부터 선생님을 머리부터 발끝까지 똑같이 따라합니다."

때에 따라 말보다 몸짓이 전달력이 크다. 나는 오래전 유행했던 노래 '짜라빠빠'를 틀었다. 그리고 망설임 없이 춤을 췄다. 조금 전까지 근엄하게 서 있던 선생님이 갑자기 씰룩대자 아이들은 큭큭 웃으며 하나둘 따라 했다.

쭈뼛대는 인사보다 함께 축구 한 판을 하는 것이 친해지는 데 제격이듯, 춤 역시 관계를 빠르게 붙여주는 접착제라는 걸 알고 있었다. '용기'를 핑계 삼아 긴장을 풀고 거리를 좁히고자 했던, 나름 치밀한 계획이었다.

시간이 지나 아이들에게 "1학기 중 가장 기억에 남는 장면이 뭐였어?" 물었을 때 "짜라빠빠요."라고 답했을 정도로 그날의 춤은 '재미있는 영어 교실'의 강렬한 첫인상이 되어주었다. 수업을 여는 구호도 그에 맞게 정했다. 선생님이 "Let's have an!"하고 외치면 아이들이 "English party!"라고 대답하기로 했다.

그렇게 우리는 환히 웃고 춤추며 새 학기의 막을 열었다.

영어를 배우러 오는 길이

적어도 선생님을 만나러 오는 길이

즐겁길 바랐다.

아기가 왜 이렇게 커요?

아이들에게 1년 중 가장 중요한 날, 5월 5일 어린이날을 맞았다. 운동장에서 어린이날을 축하하는 미니 콘서트가 열렸다. 무대에는 교육청에서 섭외한 청년 밴드팀이 올랐다. '밤양갱', '문어의 꿈' 등 초등학생 떼창을 정확히 겨냥한 선곡에 분위기는 금세 달아올랐다. 준비한 곡을 마친 밴드는 앉아 있던 아이들을 무대 앞으로 불렀다.

"뛰어~!"

가수의 외침과 함께 여덟 살부터 열세 살까지의 아이들이 운동장에 모여 콩콩 뛰었다. 자그마한 아이들이 자유를 만끽하며 몸을 흔드는 모습에 저절로 입꼬리가 올라갔다.

앵콜 요청으로 K-팝 릴레이가 이어졌다. 가수는 춤추고 싶은 사람은 누구나 앞으로 나와도 된다고 했다. 중독적인 후렴구로 유명한 노래 '마그네틱'이 흘러나왔다. 나는 뒤편에서 '교사의 체통'을 이유로 어깨만 소심하게 들썩였다. 바로 그때, 내 안의 흥을 간파하신 부장 선생님께서 나의 등을 무대 쪽으로 떠미셨다.

"가서 아이들이랑 같이 춤춰!"

나는 못 이기는 척 운동장으로 걸어 나갔다. 뒷모습은 수줍은 모습이었지만, 얼굴은 웃고 있었다. 평소 무대에 설 일이 없어 봉인해두었던 흥을 꺼낼 절호의 기회였다. 아이들과 쫄래쫄래 몇 동작 추고 자리로 돌아가려는데 스피커 밖으로 가수의 목소리가 울려 퍼졌다.

"아기가 왜 이렇게 커요?"

모든 사람의 시선이 내 등을 정확히 조준했다. 잠시의 정적 후, 전교생이 한목소리로 외쳤다.

"선생님이에요!"

빅 베이비로 오해받은 나는 결국 다시 운동장으로 호출됐다. 같은 노래가 재생됐고, 영어 선생님의 단독 공연이 시작됐다.

'이왕 이렇게 된 거.'

나는 머리카락을 신나게 흔들며 아이들의 광대가 되어 주었다.

며칠 뒤, 주말이었다. 통창 너머로 펼쳐진 논밭, 높은 건물 하나 없이 탁 트인 시야와 푸르른 하늘…. 잠이 세 배는 달콤해지는 할머니 댁 온돌바닥에서 늘어지게 늦잠을 자던 아침에 언니가 나를 깨웠다.

"내 친구가 이거 너 아니냐고 문자 보냈는데?"

반쯤 감긴 눈으로 언니의 휴대폰을 들여다봤다. 영상 속에는 운동장 모래를 흩날리며 춤추는 내가 있었다. 알고 보니 가수가 그 모습을 SNS에 올린 것이었다. 하룻밤 사이에 영상은 조회수 50만 회를 넘기고 있었다.

'나는 그저 신나게 춤췄을 뿐인데…?'

내겐 평범했던 하루가 누군가에겐 웃음을 주었다는 사실이 어리둥절하면서도 신기했다. 그 영상 하나로 팔로워 100명 남짓이던 교육 SNS 계정의 팔로워가 급등했다. 생각

지도 못했던 운동장 댄스는 그렇게 나를 크리에이터의 세

계로 이끌었다.

진심은 결국
통한다

교사가 되기 위해 모든 시간과 노력을 쏟는 임고생의 마음을 잠시 떠올려보자. 꿈에 거의 다다랐다는 설렘, 혹은 어려운 학급을 맡게 될지도 모른다는 걱정, 아니면 '이 길이 내게 맞는 길일까?' 싶은 불안.

사실 나는 불안했던 것 같다. 2년 동안 몸과 마음이 닳도록 공부하다 보니 그런 의문이 안 생길 수가 없었다. 동기부여가 될 만한 이야기를 일부러 찾아보기도 했지만 마음에 남는 건 없었다. 심지어 합격과 발령 소식을 들은 뒤에도 교사로서 만족스러운 나날을 보낼 수 있을지 확신이 들지 않았다.

그런데 학교에서 동료 선생님들을 만나고 아이들을 만나자 걱정은 안개 개듯 자취를 감추었다. 어느 날은 수업을 마치고 한 아이가 내게 와 말했다.

"선생님은 마법사예요. 제가 좋아하는 활동만 골라서 해주시는 것 같아요!"

그러곤 벌어진 앞니를 보이며 웃었다. 선생님 들으라는 듯 허공에 "오늘 수업 너무 재밌다!" 외치는 아이도 있었다. 연말에는 다 같이 지난 1년을 회고하는 시간을 가졌는데, 아이들은 내게 "살면서 가장 기억에 남는 1년일 것 같아요.", "선생님이 가장 순수한 생명체인 '어린이'를 알리는 사람 중 한 명이셔서 존경스러워요."라는 말을 선물해주었다. 그때 알았다.

'아, 내가 지레 겁을 먹었던 거구나.'

매일 출근하는 아침이 이유 없이 행복했다. 발걸음은 가벼웠고, 히쭉거리는 웃음이 새어나왔다. 학교, 동료 선생님, 아이들 모두가 2년 동안 수고했다며 내게 온 선물처럼 느껴졌다. 이 행복을 나만 아는 것이 아까울 정도였다.

고작 1년 전, 아니 한 달 전만 해도 상상하지 못했던 모습이었다. 그래서 과거의 나와 비슷한 상황에 있을 사람들에게 이 행복을 전하는 창구가 되어주고 싶었다. 뉴스에서는 잘 들리지 않는 이야기, 학교는 여전히 사랑이 가득한 곳이라는 사실을 전하고 싶었다.

그래서 SNS 계정을 하나 만들었다. 계정명은 개설 의도를 그대로 담아 '힐링쌤'이라 지었다. 힐링쌤 계정이 교육자를 꿈꾸는 이들에게 '불안해하지 않아도 괜찮아요. 당신의 꿈을 믿어도 돼요.'라는 믿음을 주는 곳이길 바랐다.

다만 SNS 세계는 생각보다 숨 가쁜 곳이었다. 진정성이 쌓이려면 시간이 필요한데, 이곳은 빠른 속도가 생명인 세계였다. 이곳저곳에서 자극적인 이야기들이 시선을 낚아챘다. 불안을 부추겨야 클릭이 되는 세상 속에서 '힐링'만 외치다가는 조용히 묻힐 것 같기도 했다.

하지만 주목을 받겠다고 일명 '어그로'성 콘텐츠를 만드는 건 도저히 내 성향과 맞지 않았다. 나부터가 간지럽고 불편했다. 그래서 썸네일 하나를 만들 때도 문구가 자극적이진 않은지, 이야기를 필요 이상으로 포장하고 있진 않은지 스스로 필터링을 몇 번이고 거쳤다.

진심은 결국 통한다는 고집스러운 믿음으로 그 시간을 견뎠다. 그랬더니 운동장 댄스 영상을 시작으로 사람들이 나의 이야기에 고개를 돌리기 시작했다. 내가 먼저 진심으로 행복하면 그 감정이 화면 너머 사람들에게도 전해진다는 걸 확신했다.

'그래. 고유의 방식으로 교실의 힐링 장면을 전하는 사람이 되자.'

묵언 수업,
위기를 기회로

에너지 넘치는 첫해, 나는 영어 선생님 외의 역할을 하나 더 자원했다. 방과 후 댄스 동아리 선생님이었다. 매주 월요일 6교시 수업을 마치자마자 허리춤에 스피커를 들고 다목적실로 달렸다. 두 시간 동안 3학년부터 6학년까지의 아이들에게 춤을 가르쳤다. 춤을 좋아하는 내게 완벽한 '덕업 일치'였다. 문제는 단 하나, 성대였다. 춤을 추느라 마이크를 들 수 없었고 맨 뒤에 선 아이에게까지 들리도록 크게 소리쳐야 했다. 그래서 동아리 시간만 끝나면 목이 너덜너덜해졌다.

지독한 여름 감기에 걸려 주말 내내 몸져누웠다가 월요

일 출근을 했다. 아픈 것도 잊은 채 쉰 목소리를 쥐어짜며 여덟 시간의 수업을 끝냈다. 방과 후 수업을 끝으로, 성대는 파업을 선언했다. 목소리가 아예 나오지 않았다. 퇴근 후 이비인후과로 향했는데 의사 선생님께서 차분한 표정으로 충격적인 말씀을 하셨다.

"일주일 동안 한 마디도 하시면 안 됩니다. 약속 안 지키면 목소리가 영영 안 돌아올 수도 있어요."

교사가 말을 못 한다는 건 스케이트 선수에게 스케이트가 없는 것과 같고, 이순신 장군에게 배가 없는 것과 같다. 얼떨떨한 마음으로 집에 돌아왔다. 고민 끝에 결론을 내렸다.

'에이 모르겠다. 평소처럼 수업하자. 조금 작게 말하면 되겠지.'

다음 날 아침, 영어실에서 수업자료를 띄워두고 1교시를 기다리는데 의사 선생님의 말씀이 계속 귓가를 맴돌았다.

'목소리가 영영 안 돌아올 수도 있다고…?'

오전 8시 45분. 번뜩 아이디어가 떠올랐다. 수업은 해야 하고, 목소리는 내면 안 되고, 아이들은 15분 뒤에 교실로 들어온다. 긴급함과 절박함 속에서 10분 만에 '선생님의 몸짓을 맞춰봐' 프레젠테이션을 만들었다.

"선생님 안녕하세요!"

아이들은 평소처럼 밝게 인사하며 영어실 문을 열었다. 교실 문을 열며 인사하면 항상 화답해주던 선생님이 입을 꾹 닫고 손만 흔드니 아이들이 의아하게 쳐다보았다.

오늘 선생님 목이 좋지 않아요.ㄲㄲ
의사 선생님께서 절대 말하지 말라는 명령을 내렸습니다!

TV 화면에 미리 띄워둔 빨간 글씨를 보고 나서야 아이들은 "선생님 말을 못 하신대!" 소리쳤다. 학생들은 서로 입술 위에 검지를 대며 조용히 자리에 앉았다. 이순신 장군에게 열두 척의 배가 남아 있었다면, 내겐 손짓과 표정이 남아 있었다. 온갖 비언어적 표현과 함께 즉석에서 제작한 자료를 한 장씩 넘겼다.

그래서 특별 미션을 준비했습니다.

오늘의 미션: 선생님의 목소리를 지켜라!

선생님 몸짓의 뜻을 알아내라!

오늘 저는 몸짓으로만 대화할 것입니다.

여러분이 뜻을 추측해보세요.

선생님이 오늘 아무 말도 하지 않도록

여러분이 도와준다면 ★꿀 같은 선물★이 제공됩니다.

말로 수업해야 한다는 고정관념을 내려놓자 오히려 재미있었다. '아이들이 집중을 못 하면 어쩌지?'라는 걱정은 기우였다. 아이들은 나의 몸짓과 눈빛에 더 집중했고 환상적인 티키타카가 오갔다. 수업의 몰입도도 높아졌다. 그렇게 SNS 누적 조회수 1200만 회를 기록한 '묵언 수업'이 탄생했다. 아이들의 배려 속에 나의 성대는 사흘 만에 파업을 철회하고 제모습을 찾았다.

하지만 위기가 기회가 됐다고 뿌듯하게만 여길 일은 아

묵언 수업 영상

니었다. 성대 건강을 위해, 앞으로의 교직 생활을 위해 발성을 제대로 배우기로 했다. 아나운서가 운영하는 발성 스터디에 참여했다. 엎드려서, 누워서, 코를 막고, 벽에 등을 붙인 채 말하며 매일 훈련을 반복했다.

몇 달쯤 지났을까. 발성 녹음본을 틀어놓고 혼자 개선점을 찾고 있는데 지나가던 언니가 물었다.

"방금 녹음본, 네가 녹음한 거야?"

"응."

"오~ 아나운서인 줄 알았어."

가랑비에 옷 젖듯, 목소리에 힘이 실리기 시작했다.

그 뒤로 재미난 에피소드가 이어졌다. 묵언수행을 명령하셨던 의사 선생님께서는 또 감기에 걸려 진료실에 온 나를 보고 "스타 선생님 오셨네." 하며 웃으셨다. 처음 본 카페 직원분이 "저 묵언 수업 영상 봤어요." 하셔서 괜히 친밀감이 쌓였고, 식당에서 칼국수를 흡입하다 고개를 들었는데 건너편 테이블의 한 커플이 그 영상을 보고 있던 적도 있었다. 댓글창은 향기 나는 말들로 가득했고, 아이들도 무

척 자랑스러워했다. 학교 안의 따뜻함을 전하는 통로가 되

겠다는 목표를 다시 한번 이룬 순간이었다.

추신.

이 기회를 빌려 묵언 수업 속에서 교육의 미를 발견해주신

모든 분께 진심으로 감사를 전합니다.

초등 교사의
가장 큰 행복은

아이들을 만난 지 일주일이 조금 넘었을 때, 첫 고비가 찾아왔다. 수업 활동 중에 한 아이가 토라져버린 것이다.

원어민 선생님과 함께 4학년 수업을 하던 날이었다. 원어민 선생님께서 영어 놀이를 진행했고 나는 아이들 곁을 살폈다. 아이들이 교실을 돌아다니며 말하기 놀이를 하는데, 한 아이만 혼자 등을 돌린 채 의자에 앉아 있었다. 등만 보아도 이미 기분이 단단히 상한 게 느껴졌다. 그 아이에게 다가가 어떤 일인지 물으니, 친구들과 영어로 말하기 미션을 해야 하는데 아무도 자신에게 오지 않아 기분이 나쁘다고 했다. 선생님과 짝이 되어 돌아다니자고 제안했지만 아이는 입술을 내밀며 아예 참여를 거부했다. 나는 그 아이 옆에 무릎을 굽혀 앉았다.

"이름이 뭐야?"(당시 학생 120명의 이름을 아직 외우는 중이었다)

"호암이요."

"호암이는 선생님 이름 뭔지 알아?"

"저는 선생님들 이름 원래 안 외워요."

호암이는 흘기는 눈으로 퉁명스럽게 답했다.

"오, 그래? 그럼 선생님이 첫 번째가 되면 되겠다! 선생님 이름이 뭔지 맞춰볼래? 초성은 이응지읒이응이야."

아이의 공책에 첫 시간에 소개했던 내 이름을 다시 적어주었다.

"선생님이 가르치는 학생이 엄청 많거든? 그래서 선생님도 이름을 열심히 외우는 중이야. 선생님이 호암이 이름은 절대 잊지 않을게. 그러니까 호암이도 선생님 이름 기억해줄래?"

"네."

나는 잠시 숨을 고른 뒤 말을 이었다.

"그리고 오늘처럼 게임에 참여하고 싶지 않은 때가 생기면 선생님한테 와서 살짝 속삭여줘. '선생님 오늘은 참여하고 싶지 않아요.'라고. 그럼 선생님이랑 이렇게 일대일로 대화하면서 공부하자. 어때?"

"좋아요."

호암이의 대답과 동시에 활동 시간이 끝났다. 나는 호암이의 옅은 미소를 확인하고서야 수업을 마무리할 수 있었다. 친구들과 반으로 돌아가는 호암이 손에 몰래 사과맛 캐러멜 한 개를 쥐여주었다.

아이의 마음에 천천히 다가가니 굳게 닫혀 있던 마음의 문이 열리는 게 보였다. 아이들에게 영어 말하기를 잘하는 것보다 중요한 건 수업에 대한 좋은 감정을 기억하는 것이다. 그 후로 호암이가 등을 돌리거나 수업에 참여하고 싶지 않다고 속삭이는 날은 오지 않았다.

그날 나는 처음으로 느꼈다. 교사의 가장 큰 행복은, 아이의 변화를 알아차리는 순간에 있다는 것을.

함께 꿈꾸는 행복한   배움터
꽃을 보니 참 예쁘지 않아요?
하하호호 웃는 우리들이 제일 예쁜 꽃이에요

나는 교육 디자이너다

영감노트는 나의 아이디어 저장 창고다. 대학생 시절, 김영세 디자이너께서 말씀하신 '디자이너'의 정의를 보고 곧장 영감노트에 적어두었다.

세상을 바꾸기 위한 꿈을 가진 모든 사람은 디자이너다.

예술인에게만 어울리는 줄 알았던 '디자이너'란 말이 내 마음 깊이 파고들었다. 그날 이후 나는 스스로를 '교육 디자이너'라 부르기 시작했다. 교육이라는 요술봉으로 세상에 작게나마 선한 영향력을 남기고 싶다는 소망을 담은 호칭이었다.

나의 삶은 언제나 '교육' 가까이에 있었다. 아빠는 고등학교 교사셨고, 엄마는 인문학 학원을 운영하셨다. 친언니도 교육학과를 졸업했다. 학창 시절에는 매달 가족과 아동양육시설에서 그림책 교육 봉사를 했다. 어느 날은 아이들과 산자락에 돗자리 펴고 누워 시를 썼고, 또 어느 날은 집으로 초대해 같이 김밥을 싸고 사방에 튀긴 밥풀로 한글 공부를 했다. 엄마가 퇴근하시는 밤 10시가 되면, 부엌에 모여 앉아 과일을 깎으며 학교와 학원 이야기로 한바탕 수다를 나눴다.

나는 학교를 정말 좋아하는 학생이었다. 중학생 시절에는 학교에 못 가는 주말을 아쉬워했다. 좋아하던 수학 선생님께 질문 하나라도 더 하려고 모르는 문제를 찾을 때까지 문제집을 풀었다. 댄스 동아리 친구들과 다니던 공연, 야간자율학습을 지도하시던 선생님과 저녁으로 짜장면을 시켜 먹던 추억, 매주 수요일 학교 로비에서 열린 장기자랑 무대에서 MC로 입담을 펼치던 순간들까지. 모든 순간이 즐거웠다.

영어 접미사 '-phile'이 '~을 좋아하는 사람'이라는 뜻이다. 나는 말 그대로 스쿨파일(schoolphile), 학교를 좋아하는 사람이었다. 교육자의 꿈은 어떤 계기로 갑자기 생긴 것이 아니었다. 나의 세계가 온통 교육이었기 때문에 꿈 역시 그 길 위에서 자연스럽게 피어났다. 물론 그것이 맹목적이기만 했다면 여기까지 오지도 못했을 것이다.

교육 디자이너로서 실력을 기르기 위한 수련도 잊지 않았다. 영어 교사로서 학습 표현을 복습하는 교과서 밖 활동을 매달 기획하는 루틴을 지켰다. 연수나 교육 행사에서 배운 활동은 곧장 교실에 적용해보았다. 시야를 넓히기 위해 분야를 가리지 않고 책을 읽었고, 때로는 교육서 대신 경영서에서 학급경영의 힌트를 얻기도 했다.

화가에게 저마다의 그림체가 있듯, 교사에게도 저마다의 '교육체'가 있다. 고유한 교육체를 지닌 교육 디자이너가 되기 위해 나는 오늘도 열렬히 고민하고 공부한다.

화가에게 저마다의 그림체가 있듯

고사에게도 저마다의 '교육체'가 있다.

고유한 교육체를 지닌 교육 디자이너가 되기 위해

나는 오늘도 열렬히 고민하고 공부한다.

임정연의 상상은
현실이 된다

　　연말이 되면 전국의 교육대학교는 분주해진다. 임용 열차에 올라타는 4학년을 위한 합격자 초청 특강이 줄줄이 열리기 때문이다. 내가 재수 공부를 할 때였다. 도서관에서 태블릿PC를 켜고 드로잉 앱을 열었다. 빈 화면을 알록달록 파스텔 색으로 칠한 뒤, 가운데에 큼지막하게 적었다.

초등 임용고시 최초 만점

임정연 선생님의 수석 공부 멘토링

장소: 서울교육대학교 그랜드홀

일시: 2024.02.05.

내가 상상한 1년 뒤 나의 모습이었다. 장소는 모교 체육관의 그랜드홀이어야 했다. 이유는 단순했다. 크고, 새 건물이었기 때문이다.

완성한 상상 속 포스터를 태블릿PC 배경화면으로 설정해 하루에도 몇 번씩 봤다. 공부하다가 괜찮은 공부법을 찾으면 '이거 내년 임용 특강 때 말해야지' 하며 메모해두었다. 아무것도 정해진 게 없었지만 마음만큼은 이미 강연자였다.

교단 위에서 보낸 첫해의 마지막 계절이 찾아왔다. 임용 준비 시절부터 도움을 주셨던 교감선생님과 저녁 식사를 함께했다. 교감선생님과 함께 한 해를 돌아보고 새해의 목표를 나누었다.

"모교에서 임용고시 특강을 하는 게 제 오랜 꿈이에요."

그러자 교감선생님께서 놀라운 제안을 하셨다.

"내가 연말에 서울교대에서 2차 임용 특강을 하는데, 듀엣으로 같이 서볼래요?"

그 자리에서 나의 꿈은 단숨에 현실이 되었다. 교감선생님께서 세 시간의 특강을 나누어 절반은 듀엣으로, 절반은 나의 단독 강연으로 구성해주신 것이다.

곧장 준비를 시작했다. 오래 바라왔던 순간인 만큼 수십 장에 달하는 프레젠테이션을 시간 가는 줄 모르고 제작했다. 상상과 달랐던 점이 딱 하나 있다면 장소였다. 서울교육대학교이기는 했지만 배경화면에 적어둔 그곳은 아니었다. 그래도 괜찮았다. 이런 기회가 온 것만으로도 충분했으니까. 그러던 어느 날, 교감선생님으로부터 문자 한 통이 도착했다.

정연 선생님, 학교에서 장소 변경 공지가 왔네요. 바뀐 장소는 '그랜드홀'입니다.

머릿속에 맑은 종소리가 울렸다. 결국 내가 바라던 그대로 이루어졌다. 재수의 시간을 가치 있는 나눔으로 치환하겠다던 다짐까지도.

강당은 200명이 넘는 4학년 학우들로 가득 찼다. 2차 시험을 앞둔 그들의 일분일초가 얼마나 소중하고 치열한지 알기에 더욱 비장한 마음으로 무대에 섰다. 겨울이었지만 강연이 끝날 즈음 이마에 땀이 송글송글 맺혀 있었다. 집에 돌아와 쌓여 있는 강연 후기를 하나하나 읽으며 긴 하루를 마무리했다. 그날 밤은 강연장에 있던 모두의 열기, 꿈의 온기로 오래도록 따뜻했다.

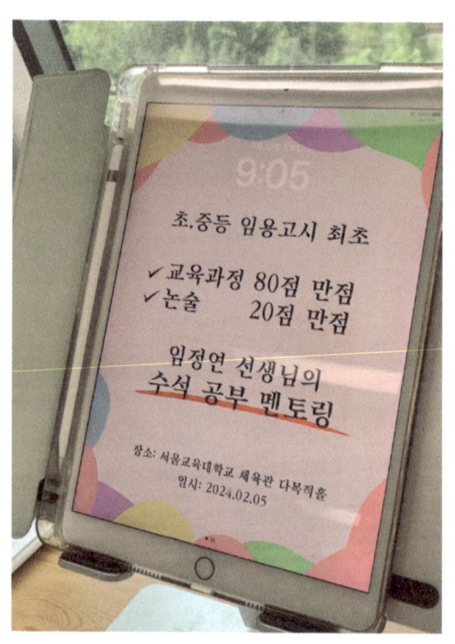

결국 내가 바라던 그대로 이루어졌다.

재수의 시간을 가치 있는 나눔으로

치환하겠다던 다짐까지도.

보호받는 교육의 수혜자

삶의 잣대를 만들어가는 아이들 앞에 교사로 서는 일은 큰 책임을 동반한다. 아이들은 보는 대로, 듣는 대로 배운다. 의식적으로 배우기도 하고, 무의식적으로 모방하기도 한다. 반에 습관처럼 코를 킁킁대는 아이가 있었는데, 며칠 뒤 그 아이 앞자리에 앉던 아이도 같은 행동을 하는 것을 보고 깜짝 놀랐다. 아이들의 학습 속도는 무서울 정도로 빠르다.

같은 이유로 칭찬 하나가 아이를 바꾸기도 한다. 영어 수업을 마치고 반으로 돌아가기 위해 4학년 아이들이 교실 뒤에서 줄을 섰다. 그때 한 아이가 자신의 의자뿐 아니라

주변에 흩어진 친구들의 의자까지 책상 안으로 밀어 넣고 있었다. 그 마음이 예뻐 나는 반 아이들에게 말했다.

"얘들아, 의자를 대신 넣어준 서준이 정말 멋지지 않니? 우리 고맙다고 박수 쳐주자!"

우레 같은 박수를 받은 아이는 그날 이후 종업 때까지 단 하루도 빠짐없이 수업이 끝나면 의자를 정리했다. 이제 충분하니 반으로 돌아가도 된다고 말려야 할 정도였다. 그리고 그 아이를 따라 의자를 정리하는 아이들도 하나둘 생겨났다.

쉬는 시간에 기력 보충을 위해 잠깐 눈을 감고 있을 때였다. 한 아이가 친구들에게 속삭이듯 말했다.

"얘들아, 선생님이 오늘 기분이 안 좋으신가 봐."

화들짝 놀라 손사래를 치며 그냥 쉬고 있던 것이라고 해명했다. 작은 오해였지만, 아이들이 매일 보는 선생님의 모습에 얼마나 민감하게 반응하는지를 실감한 순간이었다. 교사가 행복하면 아이들도 행복해지고, 교사가 불안하면 아이들도 불안해진다. 그래서 교실과 교사를 보호하는 일은 곧 아이들을 보호하는 일이다.

교육은 개인의 문제가 아니라, 우리 모두가 함께 책임져야 할 일이다. 교육이 바로 서지 못하면 충분한 배움과 사랑을 받지 못한 사람이 늘어나고, 그 영향은 고스란히 사회와 다음 세대에게 돌아간다. 교실은 작지만, 그 안에서 파생되는 세계는 결코 작지 않다.

수업의 크기는 교사의 크기를 넘어서지 못한다는 말이 있다. 말 한마디, 행동 하나로 아이들을 변화시킬 수 있는 존재이기에 교사는 끊임없이 배워야 한다. 교단에 올라서 알게 된 사실이 있다. 정말 많은 선생님께서 자발적으로 연수를 찾고, 수업 연구를 하며, 열과 성을 다해 더 나은 교육을 고민한다는 것이다.

솔직히 말해, 그렇게 한다고 연봉이 오르는 것도 아니다. 선생님들의 동력은 오직 사명감과 자아실현이다. 연수장에 수십, 수백 명의 선생님들과 나란히 앉아 있을 때면 우리나라에 이렇게 열정적인 교사가 많다는 게 자랑스러울 정도다.

그래서 '교사는 지능순으로 탈출한다'라는 말이 회자되

는 것을 보면 마음이 아프다. 탈출이라는 현상만으로 교직을 평가하는 것은 학교를 교사의 노동 공간으로만 치부하는 꼴이다. 하지만 학교는 사회를 떠받치는 중요한 공적 기관이다. 떠나기 전 교사들이 남겼을 사명과 노력, 불안정한 교육 환경 속에서 피해받을 아이들에 더 주목해야 한다. 교육에 대한 무관심은 서서히 교실을 굳게 만든다. 굳고 굳다가 결국 바스러진다면 그 사회에서 무너지는 게 교육만은 아닐 것이다.

K-팝과 영화, 스포츠를 넘어 K-교육으로 높아지는 우리나라의 위상을 꿈꾼다. 그 시작은 아이를, 아이를 가르치는 교사를, 그들의 공간인 교실을 우리 사회가 먼저 지켜주는 일이다.

4장

고유함의 날개를 달다

물 들어왔을 때
노를 젓지 않은 이유

나의 마음 한구석에는 청개구리 한 마리가 산다. "요즘 이게 유행이래." 하면 '개굴' 한다. 선풍적인 인기를 끄는 드라마나 뜨는 콘텐츠 공식이라 하면 괜히 외면하다가 인기가 한풀 꺾이고 나서야 슬쩍 들여다보는 청개구리다. 많은 사람이 선택하는 데엔 분명 이유가 있겠지만 내 것이 아니라는 직감이 들면 따르지 않는다. 대신 흔하지 않은 길일지라도 '내 것이다' 싶으면 신나게 폴짝거리며 따른다.

'힐링쌤' 계정을 개설하고 얼마 안 되어 행운처럼 큰 관심을 받았다. 마케팅도, 브랜딩도, 심지어는 영상 편집도 배운 적 없이 시작한 SNS였는데 자고 일어나면 댓글이 우수수 달리고 팔로워도 몇백 명씩 늘어 있었다. 신기했고, 무엇보다 감사했다.

그런데 이상하게 머뭇거림도 함께 자랐다. 혼자서 편안하게 끄적이던 일기장이 누구나 언제든 볼 수 있는 열린 일기장이었단 사실을 체감했기 때문이다. 아무 말이나 써서는 안 될 것 같았다.

계정 키우기가 주목적이었다면 물 들어올 때 노 젓자며 영상 업로드 엑셀을 밟았을 것이다. 하지만 나는 브레이크를 밟았다. 아니, 정확히 말하면 브레이크를 '당했다'. SNS를 모두의 공간으로 단장하려고 하니 수많은 선택지와 타인의 성공 사례들이 보이기 시작했다. 이 방법도 좋아 보이고, 저 방법도 그럴듯해 보였다. 길어지는 고민에 동력이 점점 빠져나갔다. 망설임의 이유는 분명했다. '이렇게 하면 뜬다' 하는 공식들을 버무린 여느 레퍼런스 중 하나가 되고 싶지 않았다. 나만의 색을 갖고 싶었다.

진로 고민은 취직하면 끝나는 줄 알았는데 그때부터 더 큰 고민이 시작되었다.

나는 어떤 색깔을 가진 교육자인가?

나만의 차별점은 무엇인가?

나는 수개월 물음표를 붙잡은 채 둥둥 떠다녔다. 질문에 답을 쓰고 또 쓰다 보니 서서히 공중에서 지상으로 안착하는 기분이 들었다.

언어, 인품, 창조.

내가 끝까지 지키고 싶은 가치가 추려졌다. 그리고 알게 되었다. 나만의 색은 처음부터 주어지는 것이 아니라, 끊임없이 탐험하는 과정 속에서 만들어진다는 것을.

SNS 계정을 더 빨리 키우기 위한 콘텐츠 대신에 좋은 가치를 전하고 오래 남을 콘텐츠를 만들기로 다짐했다. 유행이나 성공 공식을 좇기보다 나의 언어로, 나의 속도로 기록하기로 했다. 오늘도 나는 교사로서, 교육 크리에이터로서 매일 스스로에게 질문하고 고민하며 나만의 색을 선명하게 만들어가는 중이다.

비우기 여행

성장 욕구 엔진이 과열되면 조급해지는 역효과가 난다. 발령 후 맞은 첫 겨울방학의 내가 딱 그랬다. 전문성을 빨리 키우고 싶었고, 나의 호오(好惡)를 더 정밀하게 규정하고 싶었다. 그러다 깨달았다. 지금은 더 채울 때가 아니라 비울 때라는 것을. 고민의 우물에서 잠시 빠져나와 숨을 고를 환경이 필요했다.

'떠나자.'

나는 그 자리에서 제주도행 비행기표를 예매했다. 혼자 떠나는 여행도, 즉흥적으로 가는 여행도 다 처음이었다. 그 사실만으로도 해방감이 올라왔다. 캐리어에는 좋아하는 것만 담았다. 책, 영감노트, 필통, 운동복 그리고 모든 SNS를 삭제한 휴대폰. 조급함을 부추기는 소음을 끊고 내 안의 소리와 감각에 집중하기로 했다.

제주도에 도착했다. 돌길 위에서 캐리어를 달달 끌며 오래전부터 가고 싶었던 카페로 향했다. 제주 바다가 한눈에 펼쳐지는 자리에서 혼자 메뉴 두 개를 시켜 먹는 사치도 즐겼다. 책 한 줄 읽고, 하늘 한 번 보고, 영감노트를 펼쳤다.

빠르게 인정받고, 성공하고, 완벽해지길 바라는

내 허영심에 구멍을 내자.

부족한 건 부족한 대로, 풍족한 건 풍족한 대로 두고

성공보다 성숙에 가까워지는 사람이 되자.

멋진 글 말고, 솔직한 글을 쓰자.

내밀한 욕구가 모습을 드러낼 때까지 내면의 흙을 파보자.

무릎 위에 공책을 올려두고 쓴 글씨는 엉망이었지만 그조차 일상을 벗어난 듯 보여 마음에 들었다.

다음 목적지는 해물탕집이었다. 택시 기사님과 소소한 대화를 나누며 가던 중에 기사님께서 길 한가운데에 차를 세우셨다.

"이렇게 큰길 사이로 난 작은 샛길을 올레길이라고 해요." 그리고 덧붙이셨다. "나 다른 손님들한텐 한 번도 멈춰서 설명해준 적 없어요."

예열된 다정함 위에 뜨끈한 해물탕 한 뚝배기를 얹으니 겨울 추위가 물러갔다.

식사를 마친 뒤 숙소까지는 일부러 걸어갔다. 바람이 세차게 불어 긴 머리카락이 회오리처럼 날렸다. 캐리어가 굴러가는 건지 내가 끌려가는 건지 분간이 안 될 정도의 비포장도로였지만 그 정신없는 순간조차 재미있어 바보 같은 웃음이 나왔다.

발걸음을 내디딜 때마다 일정한 박자로
어깨를 짓누르는 배낭끈의 무게를 나는 사랑한다.
그 무게는 내가 여행 중임을 증거하는 기쁨의 무게다.

숙소에 있는 책을 무작위로 펼쳤다가 최유수 작가의 에세이『무엇인지 무엇이었는지 무엇일 수 있는지』에서 나의 마음을 대변하는 문장을 만났다.

다음 날 외출할 준비를 하는데, 숙소에 함께 묵었던 한 숙박객이 내게 폴라로이드와 필름 서른 장을 내밀었다.

"저는 제주도에 오래 있었는데 생각보다 카메라를 안 쓰게 되더라고요. 오늘 여행하면서 맘껏 쓰세요."

처음 만난 사람들의 온정, 무계획 속에서 발견한 아지트, 뜻밖의 선물들. 마음을 비우기 위해 찾은 제주에서의 매 순간은 행운의 연속이었다. 하루하루가 춤 같았다. 춤출 때처럼, 매 순간이 설레고 행복했다.

텔레비전에
내가 나왔으면

열한 살, 미술 시간에 장래희망을 그리라는 과제를 받았
다. 나는 TV 화면 속에 사람을 하나 그려 넣고, 직업란에
당당하게 '배우자'라고 적었다. 연구자, 교육자처럼 '자' 자
를 붙이면 직업명이 되는 줄 알았다. 공개수업 날 교실에
오신 엄마께서 웃으며 말씀하셨다.

"배우자는 남편이나 아내를 뜻하는 거란다."

내 꿈은 배우자가 아닌 배우였다. 열두 살에 혼자 연기학
원을 검색해 마음에 드는 곳을 골랐고, 부모님을 설득해 매
주 서울로 수업을 다녔다. 언니의 대입을 앞두고 부모님께
서 학원을 오가는 게 어려워지는 바람에, 눈물 연기 한 번

을 성공하지 못한 채 그만두었다. 그래도 나름 EBS 인기 프로그램이었던 〈딩동댕 유치원〉 오디션도 보고, 한때는 장래희망으로 아나운서를 적었을 만큼 '텔레비전에 내가 나왔으면' 노래를 부르는 아이였다.

제주에서 행복의 트램펄린을 뛰던 어느 날, 오랜 꿈의 실마리가 뜻밖의 방식으로 모습을 드러냈다. 흑돼지를 먹고 있는데 깜빡하고 삭제하지 못한 이메일의 알림이 울렸다. '안녕하세요. KBS 제작진입니다.'라는 제목을 보는 순간, 그대로 굳어버렸다.

프로그램명은 〈공부와 놀부〉. MC는 강호동 님, 뮤지컬 배우 김호영 님, 트로트 신동 이수연 님이었다. 초등학생 자녀를 둔 연예인 부모들이 교과서 속 문제를 푸는 퀴즈 프로그램에서 문제를 해설해달라는 제안이었다.

교사가 되면서 방송인의 꿈은 자연스럽게 접어야 한다고 생각했다. 그런데 교사가 된 덕분에 방송국의 문이 열렸다. 기차가 막힘없이 운행되도록 철로가 제때 바뀌는 것처럼, 인생의 선로가 원하던 방향으로 알아서 맞춰지는 것 같았다.

서울로 돌아와 여의도 KBS로 향했다. 미팅을 마치고, 며칠 뒤 합류 확정 소식이 전해졌다. 학교 수업 준비에 〈공부와 놀부〉 수업 준비가 더해졌고, 격주 토요일이면 새벽부터 밤까지 녹화가 이어졌다. 그로 인해 개인 휴식 시간은 거의 사라졌다.

그래도 좋았다. 화면에 조금이라도 잘 나오고 싶어 닭가슴살만 먹던 날도, 새벽 4시에 일어나 메이크업 숍으로 향하던 길도, 학교 퇴근 후 노트북을 켜서 제2의 출근을 시작하던 저녁도 다 좋았다. 『논어』에 등장하는 '락지자(樂之者)', 즐기는 사람의 에너지가 이런 거구나 싶었다.

녹화를 마친 날 밤이면 방바닥에 늘어진 인절미가 됐다. 몸은 완전히 방전되었지만 얼굴에서 만족스러운 미소만큼은 가신 적이 없었다. 내가 사랑하는 교육과 한때 간직했던 방송의 꿈이 모두 녹아든 일이었으니까.

그 에너지는 학교로도 자연스럽게 번졌다. 아이들은 복도에서 "선생님, 저 어제 TV에서 봤어요!" 하고 인사했고, 체험학습을 가면 사람들에게 "우리 선생님 진짜 특별해요.”라며 먼저 자랑을 늘어놓았다. 사회 수업 중 ‘국민의 기본권’을 배울 때는 〈공부와 놀부〉 방송에서 해설했던 장면을 함께 보기도 했다. 학부모님께서는 방송 잘 보고 있다며 응원의 문자를 보내주셨다.

프로그램 종영과 함께 토요일 출근은 3개월 만에 끝이 났다. 그 3개월 덕분에 알게 되었다. 오래 품은 꿈은, 내가 가장 나다운 모습으로 준비된 순간에 찾아와 문을 두드린다는 것을.

품격을 배우는 교실

사람의 품격을 결정짓는 요소에는 무엇이 있을까. 에티켓, 외모, 패션 감각, 능력 등 사람마다 생각이 다르겠지만, 내가 가장 중요하게 생각하는 요소는 '말'이다.

나는 책을 읽을 때 작가가 고른 표현을 유심히 살펴보고, 대화할 때는 상대가 선택하는 어휘에 귀를 기울인다. 철학자 비트겐슈타인은 '언어의 한계는 곧 세계의 한계'라고 말했다. 사람은 자신이 가진 언어의 크기만큼 세상을 인식한다는 것이다.

말의 무게를 중시하셨던 아빠는 우리 자매가 어릴 적 무심코 "짜증 나."라고 하면 곧장 부정적인 말을 함부로 입에 올리지 말라고 일러주셨다. 그 영향인지 지금도 성찰이 필요할 때면 '오늘의 말'부터 되짚는다. 대개 부끄러움으로 끝나지만 그래도 안주하지 않는다는 사실에 작은 안도감도 남는다.

아빠의 마음을, 나는 열두 살 아이들의 담임이 되어서야 완전히 이해하게 되었다. 교직 두 번째 해, 나는 5학년 2반의 담임이 되었다. 오동통한 볼을 가진 열여덟 명의 아이들을 만났다. 깔깔대는 웃음소리도, 발표하려고 너나없이 손 드는 모습도 참 예뻤다.

4월이 되자 관계의 벽이 낮아졌고, 더욱 돈독해졌다. 그런데 그만큼 말의 벽도 함께 허물어졌다. 수업 중 친구가 대답을 늦게 해서 답답하면 "아, 빨리 하라고."라는 말이 튀어나왔고, 대답하기 싫을 때는 "어쩌라고."만 반복하며 친구의 말문을 막았다. 사소한 갈등 끝에 친구와 선생님 앞에 불려 오면 "네가 먼저 그랬잖아."라며 책임을 친구에게 넘겼다.

'어떻게 하면 아이들의 언어습관을 긍정적으로 유도할

수 있을까?’

고민이 시작되었다. 하지 말라는 지적만으로는 효과가 오래가지도, 머릿속에 깊이 남지도 않는다. 아이들은 생각보다 모르는 것이 많다. 당연하다. 초등학생은 세상에 나온 지 고작 8년에서 13년밖에 되지 않은 존재들이다. 그러니 차근차근 알려주어야 한다. 잊으면 또 알려주어야 한다. 혼내는 것과 알려주는 것은 엄연히 다르다. 교사의 역할은 더 나은 표현이 있음을 알려주고, 그것을 연습할 환경을 조성하고, 먼저 모범이 되어주는 것이다.

그렇게 해서 만든 것이 ‘품격어’ 문화다. 나 또는 타인의 품격을 높이는 말이라는 의미를 담아 ‘품격어’라 이름붙였다. ‘행운이야’, ‘덕분에’처럼 긍정적인 말, ‘고마워’, ‘괜찮아, 그럴 수 있지’처럼 관계를 부드럽게 잇는 말, ‘나 전달법’처럼 부드럽지만 단호한 표현들이 여기에 속한다.

턱, 턱, 턱, 턱. A1 크기의 큼지막한 종이를 칠판에 두고 네 귀퉁이에 자석을 붙였다.

“종이에 적힌 글씨를 다 같이 읽어볼까요?”

열여덟 명의 목소리가 합창처럼 울렸다.

"품격어 습관 트래킹!"

"품격어는 여러분의 품격을 높이는 말입니다. 오늘부터 2주 동안 매일 사용할 품격어를 하나씩 정할 거예요. 품격어를 쓴 날에는 이 트래커 속 자기 이름 옆에 스티커를 붙이면 됩니다."

교사의 사고방식은 수업에 그대로 투영된다. 나는 어릴 때부터 목표가 생기면 시각화 도구를 만들고, 도달했을 때 스스로에게 보상을 주는 방식을 즐겨왔다. 그래서 아이들의 습관 형성 도구로 떠올린 것도 트래커였다. 스티커를 붙이는 방식으로 아이들의 성장을 가시화하고 싶었다.

"첫 번째 품격어는….."

그렇게 우리 반의 첫 번째 품격어 교육이 시작되었다.

제가 선생님 반이어서
행운이에요

고마워

칠판에 우리 반의 첫 번째 품격어를 적었다.

"하루에 '고마워' 또는 '감사합니다'를 한 번이라도 쓴 사람은 트래커에 스티커를 붙이면 됩니다. 선생님이라고 안 할 수 없죠. 이름표에 선생님도 있습니다."

"와~!"

'품격어 습관 트래킹'이라는 제목 아래 아이들의 이름을 세로로 적었고, 가로로는 스무 개의 스티커 칸을 만들었다. 그리고 모든 사람이 스무 개의 스티커를 다 모으면 파티를

하기로 했다. 아이들과 함께 선생님도 노력해야 모두의 문화가 되기 때문에 내 이름도 함께 적었다. 요즘에는 아이들이 내게 품격어를 썼냐고 먼저 묻는다.

품격어 문화 안내가 끝나고, 쉬는 시간을 알리는 종이 쳤다. 한 학생이 내 자리로 걸어오더니 이렇게 말했다.

"선생님! 항상 저희를 위해 재미있는 수업 준비해주셔서 감사합니다."

바로 변화가 시작됐다.

"선생님도 수진이가 열심히 수업에 참여해줘서 항상 고마워."

다음 날에는 소녀 삼총사가 다가와 콧소리를 섞어 능청스레 말했다.

"어머, 선생님 오늘 너무 예쁘세요. 항상 예쁘게 웃어주셔서 감사해요!"

기분이 좋아진 내가 턱에 꽃받침을 만들며 "고마워." 하고 답하니 꺄르르 웃으며 트래커로 달려가 본인들과 내 이름 옆에 스티커를 붙였다. 알고 보니 칭찬에 곁들여 내 품격어까지 챙겨주려던 아이들의 큰 그림이었다. 날이 흐를

수록 귀에 불편하게 걸리던 말들이 사라졌고, 그 자리를 품격어가 채웠다.

나와 아이들이 제일 좋아한 품격어는 '덕분에'였다. '덕분에'는 참 신비한 단어다. 겨우 세 음절로 말의 결이 바뀐다. "비 때문에 약속이 취소됐어."가 "비 덕분에 집에서 쉴 수 있게 됐어."가 된다. "실패해서 자신감을 잃었어."가 "실패 덕분에 단단해졌어."가 된다.

아이들이 품격어를 어떤 상황에서, 어떻게 사용하는지 궁금해졌다. 그래서 나는 아이들에게 제안했다.

"우리, 하고 인사하기 전에 하루 동안 품격어를 어떻게 사용했는지 딱 세 명만 발표해볼까요?"

사실 아이들이 빨리 집에 가고 싶어 손을 안 들 것이라 예상했다. 그런데 말이 끝나기가 무섭게 아이들의 팔이 올라갔다. 세 명만 지목하는 게 아쉬워 결국 모든 아이에게 말할 기회를 주었다.

"채원이가 사인펜을 빌려준 덕분에 그림을 예쁘게 완성했어요."

"규온이 덕분에 공기놀이가 재밌어졌어요."

"민준이가 도와준 덕분에 제자리멀리뛰기를 잘할 수 있게 됐어요."

"선생님 덕분에 우리 반이 더 블링블링 빛나고 있어요."

끝없이 나오는 품격어에 모두가 흐뭇한 미소를 지었다. 말한 아이도, 언급된 아이도 입꼬리가 귀에 걸렸다. 2주간의 '덕분에' 발표에서 아이들은 아주 사소한 성취도 친구의 덕으로 돌렸다.

체육 시간에 특히 효과적인 품격어는 '괜찮아, 그럴 수 있어'였다. 경기를 하면 승부욕이 위태롭게 선을 넘을 것 같은 때가 꼭 생긴다. 성인 선수들도 흥분을 참지 못하는 때가 있는데 열두 살 아이들은 오죽할까. 그 위태로움도 품격어로 잠재울 수 있었다.

티볼 경기를 하는데 배트에 익숙하지 않은 친구가 헛스윙을 하면, 주눅 들지 말라고 남은 열일곱 명이 품격어를 외쳤다.

"괜찮아! 그럴 수 있지!"

자기 팀이 지고 있다고 불같이 화내는 아이에게는 같은 팀원인 아이가 "그럴 수도 있지. 그냥 즐겨. 게임이잖아." 하며 품격의 물을 부어주었다. 우유를 마시다가 실수로 바닥에 쏟은 아이에겐 "괜찮아."하며 다섯 명이 달려들어 바닥을 윤이 나도록 닦았다.

'억까'라는 신조어가 유행처럼 돌던 때가 있었다. '억까' 란 '억지로 까는 것'의 준말로, 어떤 대상을 이유 없이 비판 하거나 싫어하는 것을 뜻한다. 온라인에서 퍼진 신조어는 아이들의 언어습관까지 전염시켰다. 아이들은 일이 조금 이라도 마음대로 흘러가지 않으면 "세상이 날 억까하네. 역시 난 안 돼."라고 말했다.

"얘들아, 생각은 말을 바꾸고 말은 행동을 바꿔. 행동은 성격을, 성격은 운명을 바꾼단다. 세상이 너희를 '억까'하 는 것만 찾아 말하면 너희 인생은 정말 그렇게 흘러갈 거 야. 그러니 아주 작은 것이라도 매일의 행운을 찾아보자."

그래서 정한 다음 품격어는 '행운이야'였다. 이때 나를 가장 떨리게 한 변화가 나타났다. 아이들은 아기 새가 어미

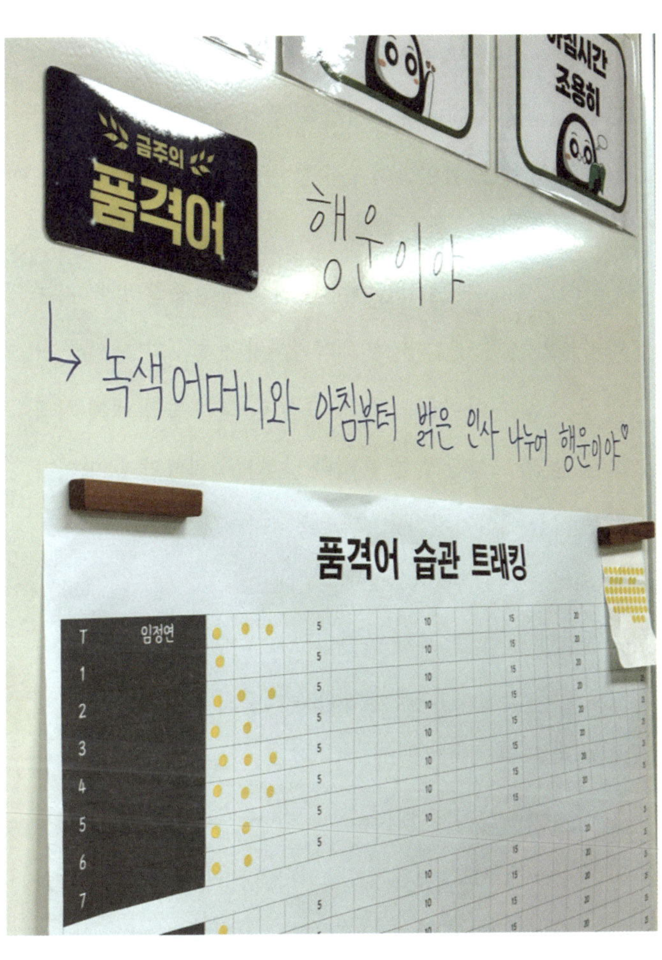
금주의
품격어
아침시간 조용히
행운이야
↳ 녹색어머니와 아침부터 밝은 인사 나누어 행운이야
품격어 습관 트래킹
T   임정연
1
2
3
4
5
6
7

새 보듯 선생님을 바라본다. 사랑의 배를 채우기 위해 선생님을 향해 입을 벌린다. 선생님은 그 배를 채워주기 위해 아이들과 붙어 있는 내내 에너지와 사랑을 나눈다. 그럼 소진된 선생님의 에너지와 사랑은 무엇으로 충전될까. 아이들의 사랑이다. 아이들의 순수한 마음, 행동, 말 하나로 아니 표정 하나만으로도 충분하다.

선생님에게 쉬는 시간마다 달려와 쫑알쫑알 말을 거는 아이들이 있는가 하면, 부끄러워서거나 친구와 노느라 거의 오지 않는 아이들도 있다. 그중 한 학기 동안 내게 거의 오지 않던, 다정한 말을 특히나 낯간지러워하던 한 아이가 쉬는 시간에 다가왔다. 그리고 웅얼거리듯 말했다.

"제가 선생님 반이어서 행운이에요."

아이가 보인 첫 사랑 표현이었다. 나는 깜짝 놀라 두 손으로 입을 막았다. 내가 행복과 놀라움의 표정을 금치 못하자 아이는 부끄러웠는지 "아~ 스티커 붙일 거예요." 하고는 가버렸다. 내게 다가와 그 말을 하기까지 그 아이에게 얼마나 오랜 시간이 필요했을지, 얼마나 쭈뼛대며 고민했을지 훤히 보였다. 아이는 품격어 스티커를 붙인다는 명분으로 큰 용기를 낸 것이다.

교육이 아이들을 변화시킬 수 있음을 품격어 교육으로
체감한다. 물론 함께 정한 약속이 잘 지켜지지 않을 때도
당연히 있다. 그렇지만 다시 다짐하고, 함께 노력하며 성장
하는 곳이 바로 학교이기에 앞으로도 품격 교육은 멈추지
않고 이어질 것이다.

물고기 잡는 법 대신
바다를 보여주자

"선생님은 어디에서 주로 영감을 얻으세요?"

교실 밖에서 얻은 영감을 교실 안으로 들여오는 과정을 공유하면 종종 받는 질문이다.

"삶 곳곳에서요!"

나는 매일 지나는 산책길도 코를 킁킁거리며 탐색하는 강아지처럼, 일상에서 눈과 귀를 활짝 열고 영감을 줍는다. 그래서 불면증 비슷한 것을 겪어본 적이 없다. 베개에 머리만 대면 잠들 정도로 깨어 있는 동안에는 거의 모든 자극을 받아들이며 지낸다.

학급 독서 문화를 어떻게 조성할지 고민하던 때에 아직

다 차지 않은 책장을 본 학생이 물었다.

"선생님, 집에서 책 가져와서 반에 기부해도 돼요?"

"그럼. 얼마든지!"

다음 날, 그 학생은 아끼는 책 열 권을 가방에 이고 와 책장에 꽂았다. 아이들의 눈높이에 딱 맞는 책이어서인지 그 시리즈는 금세 베스트셀러가 되었다. 곧이어 다른 아이들도 "저도 가져올래요!" 하더니 기부 릴레이가 펼쳐졌다. 그렇게 아이들의 마음과 취향이 담긴 작은 도서관이 만들어졌다.

그즈음 교사 친구들과 한 북카페를 찾았다. 일요일이어서 대부분의 카페가 휴무인 탓에 겨우 찾은 곳이었다. 카페 이름은 '파이키'였다. 종소리 울리며 문을 여는 순간, 책 냄새와 우드톤 인테리어, 직원의 환대가 어우러져 포근함이 물씬 밀려왔다.

카페를 샅샅이 둘러보다 재미난 풍경을 발견했다. 책장에 작은 상자들이 나란히 꽂혀 있었는데, 각 상자의 주인은 단골손님과 직원들이었다. 상자마다 주인의 취향이 묻어난 책들이 서너 권 들어 있었다. 동심을 좋아하는 사람의 상자엔 그림책이, 자신을 '계절 수집가'라고 부르는 사람의 상자에는 계절을 읽을 수 있는 책이 있었다.

다수의 취향이 모이니 누구나 공감거리를 발견할 수 있는 만능 책장이 되었다. 상자 속 책은 누구나 꺼내 읽을 수 있었고, 포스트잇에 감상평을 적어 책에 꽂아두는 문화도 있었다. 어떤 책은 펼치면 수개월간 쌓인 손님들의 포스트잇이 우수수 떨어졌다. 사람들은 시간을 초월해 책에서 만나 생각과 위안을 주고받고 있었다.

'이거다!'

자신의 책을 카페로 가져온 손님들과 자신의 책을 교실로 가져온 아이들의 모습이 겹쳐 보였다.

'아이들이 이렇게 책을 씹고 뜯고 맛보고 즐길 수 있는 환경을 만들어줘야겠다.'

학교로 돌아와 컴퓨터를 켰다. 카페에서 떠올린 우리반 독서 문화의 이름을 적었다.

5-2 Book Curation

'큐레이션'은 수집한 것들을 재분류하고 구조화해 새로운 가치를 부여하는 일을 뜻한다. 교실 뒤편의 초록색 게시판에 이름을 붙이고, 그 아래 세부 코너를 만들었다. 책 기부 현황을 기록하는 '힐링반 도서 기부일지', 책 읽는 우리의 사진이 붙은 'Leader는 Reader다', 포스트잇으로 감상을 남기는 '책에 쌓는 우리의 생각'.

탈무드 격언 중에 물고기를 잡아주지 말고 물고기 잡는 법을 알려주라는 말이 있다. 그런데 그보다 아이들의 자율성을 키우는 더 쉬운 방법이 있다. 아이들을 바다에 풀어주는 것이다. 적절한 환경만 마련해주면 아이들은 스스로 물고기 잡는 법을 터득한다.

큐레이션 게시판이 생기자 아이들은 새로운 놀이를 창조했다. 책을 좋아하는 아이들이 삼삼오오 모여 출판사를 차린 것이다. 이름은 '힐링출판사'였다. 자신을 총괄 프로듀서라 칭하던 아이가 게시판에 사원 모집 공고를 붙였다. 수업 중 남은 이면지에 그린 지원서 양식에는 글과 그림 중 담당할 분야, 장점, 특기 등을 적는 칸이 있었다. 월급은 예쁜 색종이였다. 지원서를 낸 아이들은 쉬는 시간에 면접도

📖 힐링출판사 공지판

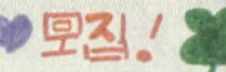

🍀 럭키힐링부 2기 멤버
💜 모집! 🍀
(고르기)
월급 : 한달에 한번 간식제공 / 색칠
1. 면접 지원서 (⇒ 6/5까지 제출)
2. 면접 1차 합격자 발표 (6/6)
3. 1차 합격자 면접 시험 (6/9)
4. 최종합격자 (⇒ 6/10 발표)
🍀 지원서 위치 🍀
〈스도쿠 옆〉

힐링출판사 책 전시
럭키힐링
동시모음집! 1편
럭키힐링부
동시모음집 2편
럭키힐링부
동시모음집 3편
럭키힐링부
동시모음집 4편

봐야 했다. 물론 취업률은 100퍼센트였다. 쉬는 시간과 점심시간을 활용해 작가는 시를 짓고, 일러스트레이터는 그림을 그렸다.

칼 같은 역할 분담 덕분에 힐링출판사는 일주일에 한 권씩 동시집을 출간했다. 영광스럽게도 늘 첫 번째 독자는 선생님이었다. 아이들은 동시집을 완성하자마자 내게 내밀고는 반응을 기다렸다.

"와, 어떻게 이런 감수성이 나오지?"

"선생님 마음을 울리는 시다!"

"세상에나, 이 그림은 무슨 뜻이야?"

감탄을 연발하며 시를 카메라에 담으면 아이들은 뿌듯한 얼굴로 돌아갔다. 이 영특한 창작 활동을 나만 볼 수는 없었다.

곧바로 게시판에 '힐링출판사 책 전시' 코너를 추가했고, 다른 아이들도 읽을 수 있도록 시집을 모아 걸었다.

이 모든 과정을 힐링쌤 인스타그램에 기록하던 중, 흥미로운 제안을 받았다. 손을 내민 곳은 영감의 원천이었던 북

카페 파이키였다.

"선생님, 저희랑 책 전시 기획해보는 건 어때요? 주인공
은 5학년 2반으로요."

교육도
예술작품이다

파이키는 책과 관련된 전시를 정기적으로 기획해 카페에 선보이고 있었다. 그중 2025년 여름 전시를 5학년 2반과 함께 채워보자는 제안을 받았다. 카페를 찾아 사장님과 첫 미팅을 하는데, 대화를 옆에서 지켜본 직원께서 나중에 말씀하셨다.

"전시 이야기하실 때 정연 님 눈이 반짝이더라고요."

사실 그날 밤, 카페를 나와 집에 도착해 잠이 들 때까지도 심장이 쿵쾅거렸다. '교육도 예술작품'이라는 오랜 믿음이 현실로 구현되는 순간이었다.

‘예술’이란 무엇일까. 피카소의 그림, 오케스트라 연주, 심장을 울리는 비트 위 댄서들의 움직임만이 예술일까. 내가 정의하는 예술은 ‘사람을 감화시키는 모든 것’이다.

교사가 1년 동안 디자인하는 약 270개의 수업, 20~30명의 인격체가 하나의 작은 사회를 이루어 서로 부딪히고 닮아가며 조정되는 과정, 느리지만 분명하게 드러나는 아이들의 성장. 이 성숙의 과정 앞에서 감화되지 않을 사람이 있을까. 교육은 반죽하고, 주무르고, 성형하고, 구워내기까지 최소 1년의 인내가 필요한 작품이다. 완성이라는 끝도 없다. 그럼에도 교사는 도공의 사명을 가지고 365일 작품을 빚고 또 빚는다.

파이키와 기획한 전시 제목은 ‘파인더는 열두 살: 우리들의 보물책’이었다. 아이들이 교실에 기부했던 자신의 보물책을 카페에 전시하고, 그것이 왜 자신의 보물책인지 사람들에게 소개하기로 했다. 학생들이 카페의 책 큐레이터가 되는 것이었다.

파이키는 전시를 기획하고 나와 아이들을 인터뷰했다.

나는 전시 준비를 위해 국어 수업을 재구성했다. 아이들은 보물책을 선정하고, 손님들에게 자신과 책을 소개하는 글을 썼다. 책을 사랑하는 마음 하나로 나와 파이키가 만났고, 파이키와 아이들이 만났으며, 아이들과 세상이 만났다. 교실 안의 이야기와 문화가 교실 밖으로 확장되었다.

한 달이 넘는 준비 끝에 2025년 6월의 어느 여름날 서순라길에서 전시가 시작됐다. 아이들은 부모님 손을 잡고 카페로 찾아왔다. 주말에는 세 가족이 카페에서 우연히 마주치기도 했다. 부모님들은 감사 인사를, 손님들은 아이들 글에 위로받았다는 후기를 전해주셨다.

편안하고 쉽기만 한 배움은 아이들을 성장시키지 못한다. 아이들은 감당 가능한 인지적 갈등 상태에 놓일 때 비로소 성장한다. 갈등에서 벗어나기 위해 질문하고, 토의하고, 머리를 싸매 고민한다. 그리고 마침내 갈등의 막을 뚫고 나올 때 아이들의 세계는 고민의 크기만큼 커진다.

그래서 나는 아이들에게 다채로운 색의 도전을 건넨다. 똑같은 모양의 세계에서 똑같은 생각만 할 줄 아는 사람이 아닌, 비정형의 세상에서 자신만의 생각을 말할 줄 아는 사람으로 자라도록 돕고 싶다. 이것이 나의 교육관이다.

전시 준비가 학생들에게도, 내게도, 파이키에도 쉽지만은 않았을 것이다. 아이들에게는 책을 고르고 만족스러운 글을 써내는 과정이, 내게는 전시를 위한 수업을 기획하는 과정이, 파이키는 초등학생들과의 협업이 낯선 도전이었다. 그러나 서로에게 마음이 동해 함께 손을 포개니, 각자의 세계가 도전의 크기만큼 넓어졌다.

파이키
X
힐링쌤과
5학년 2반

파인더는 열두 살
:우리들의 보물책

자세가 필요한 활동입니다.
눈과 열린 마음, 주저 않는 용기이지요.
우연하고 새로운 발견을 선물해 주지만,
가장 잊기 쉬운 자세이기도 합니다.

자세로 살아가는 이들이 있습니다.
주대입니다.
작은 순간도 보물처럼 반짝입니다.
볼 수 없는 것들을 찾아내기도 하고요.

열두 살 탐험가 그리고
힐링쌤과 함께 어린이의 세계를 탐험해 봅니다.
열두 살 탐험가들이 지금 가장 좋아하는 책,
의 소중한 보물책을 펼쳐 보며
이들이 감각하는 세상을 들여다보아요.

매일 한 뼘씩 자라나는 탐험가들의 이야기로부터,
잊고 지낸 탐험심을 마주할 수 있을 거예요.

진짜로, 찾는 사람이 임자!

FINDER'S CARD No. 5256
FINDER'S CARD No. 5254

파인더는 열두 살

우리들의 보물책

FINDER

열두 살

탐험가들

열두 살 탐험가들의 파인더에게

FINDER'S CARD

5206 5207 5203 5200

5261 5204 5257 5252 5208

5220 5200 5202

수만 가지 빛깔로
물드는 교실

'공무원' 하면 어떤 단어가 떠오르는가. 나는 안정성이 제일 먼저 떠오른다. 안정성이 누군가에겐 직업 선택의 중요한 기준이지만 내겐 아니었다. 그래서 창의성보다는 순응이 미덕으로 여겨지는 공무원의 이미지는 아무리 봐도 나와 맞지 않을 것 같았다. 나는 낯섦에서 오는 긴장을 즐기고, 새로운 과제를 찾아 나서는 도파민형 인간이기 때문이었다.

공무원 사회로의 다이빙대에 오른 뒤에도 내 도전의 폭이 좁아지진 않을까, 안정적인 생활에 안주하게 되진 않을까 고민이 되었다. 다행히도 성격이란 것은 그렇게 쉽게 바뀌는 게 아니었고, 동시에 내가 무지했음을 깨달았다. 이 안에도 창의성을 발휘할 수 있는 기회는 충분했다.

교사가 되었기 때문에 다른 꿈들을 내려놓아야 하는 줄 알았다. 하지만 아니었다. 교사가 된 덕분에 작가도, 전시 기획자도, 방송인도, 강연자도 될 수 있었다. '힐링쌤'만의 서사를 쌓으니 뜻하지 않았던 기회들이 찾아왔다. 그 기회 들은 다시 고유한 서사가 되어 또 다른 행운을 불러왔다. 선순환 속에서 교사의 스펙트럼이 점점 넓어졌다.

교사의 스펙트럼은 나 한 사람의 예시로 그치지 않는다. 아이들과 그림책을 출판하는 선생님, 교사댄스연구회를 설립해 댄스 교육의 지평을 넓히는 선생님, 아이들의 정서 교육을 위한 노래를 작곡하는 선생님, 교육연극을 하는 선 생님, 네이버와 협업해 수업을 기획하는 선생님까지. 각자 의 재능을 교육에 녹여 고유의 길을 닦아가는 선생님들이 놀라울 만큼 많다.

이러한 이야기들이 학교 안에만 머무르지 않고 더 널리 알려진다면 교육에 어떤 성장이 펼쳐질까. 수만 가지 빛깔 로 물드는 교실, 끝없이 펼쳐지는 스펙트럼 위에서 선생님과 아이들이 함께 춤추는 세상.

그 모습을 온 마음으로 꿈꾸고, 응원한다.

수만 가지 빛깔로 물드는 교실

끝없이 펼쳐지는 스펙트럼 위에서

선생님과 아이들이 함께 춤추는 세상.

동화 같은 세상

제가 가장 좋아하는 순간은

교실에 가득 찬 아이들의 웃음소리를 듣는 때입니다.

그 소리는 누구든 무장해제시키는 만능의 소리입니다.

어떤 소리보다도 예쁘고 청명합니다.

얼마 전 한 지인이 이런 말을 했습니다.

"너는 '힐링' 필터를 끼고 세상을 보는 것 같아."

그래서 세상 물정을 더 배워야 한다는

사랑 섞인 잔소리도 뒤따르긴 했지만요.

저는 동화 같은 제 세상이 좋습니다.

살아오면서 차곡차곡 껴온 그 필터를

앞으로도 더 두껍게 만들어가고 싶습니다.

그 필터로 바라본 세상에는 순수한 아이들이 있고

신뢰를 건네는 보호자가 있으며

여전히 사랑이 출렁이는 학교가 있습니다.

'힐링쌤'다운 시선과 목소리로

그 세상을 전하는 통로가 되어드리겠습니다.

노트북 앞에 앉아 있는 지금,

이 글을 읽고 계실 당신을 떠올려봅니다.

어떤 이유로 이 책에 닿게 되었는지,

어떤 표정으로 페이지를 넘기셨을지,

어떤 기억이나 질문을 마음에 품으셨을지

문득 궁금해집니다.

여러분의 이야기를 남겨주신다면,

저도 찾아가 경청하겠습니다.

저의 4년간의 여정을 함께 거닐어주신

독자분들께 진심으로 감사드립니다.

START WI
WHY
SIMON SINEK
나는 왜 이 일을 하는가
TED 6,500만
조회수 달성
30만 부 기념

리 국토의 지역 구분을
살펴볼까요
구분
일정한 기준에 따라 여러 지역으로 구
떻게 구분할 수 있는지 지도를 통해 살펴
육지 높이(m)
2,000 이상
1,500~2,000
1,000~1,500
500~1,000
200~500
100~200
0~100
남북으로 긴 우리 국토는 큰 산맥과 하천을 중심으로 북부, 중부,
남부 지방으로 구분할 수 있다. 일반적으로 북부 지방과 중부 지방은
휴전선을 기준으로 구분하며, 중부 지방과 남부 지방은 소백산맥과
금강 하류를 기준으로 구분한다.

TO. 영어 선생님 ♡
from : 최민지
제가 영어너무 좋아하고
제가 선생님
좋아하는거 아니에요
늘 감사해요♡
선생님
감사함
mamegoma
TO. 영어 선생님

FINDER'S CARD NO. 5257
김민준

놓지 마 정신줄!
학습 만화
CARD NO. 5252
5734432
BOOK NAME ...(푸른 사자 와니니)...
COMMENT ...책을 읽은 후 동물들도...
유착위한 거울과 산다는 걸 알게 되었어요.
WHAT YOU LIKE
맛있는 음식이 되긴 힐링이데
푸른 사자 와니니
의사
홈 - 도파민
대한 민국
라면
FINDER'S CARD
NAME 정바훈
MBTI ENTP
VALUE 게임을 좋아하는 원홍기
FINDER'S CARD NO. 5258
BOOK NAME
COMMENT
WHAT YOU LIKE

너희를 만난 건 행운이야

초판 1쇄 인쇄 2026년 1월 30일
초판 1쇄 발행 2026년 2월 10일

지은이 힐링쌤(임정연)
발행인 정수동
편집주간 이남경
책임편집 김유진
디자인 Yozoh Studio Mongsangso

발행처 저녁달
출판등록 2017년 1월 17일 제406-2017-000009호
주소 경기도 파주시 문발로 203, 203호
전화 02-599-0625
팩스 02-6442-4625
이메일 book@mongsangso.com
인스타그램 @eveningmoon_book
유튜브 몽상소

ISBN 979-11-89217-95-2 03810